BIBLIOTHÈQUE

INSTRUCTIVE

Publiée avec approbation
de Monseigneur l'Évêque de Limoges.

—

GRAND IN-8°. — 1ʳᵉ SÉRIE.

Monsieur, lui dit-elle, avec une énergique douceur.

(Famille de Soligny.)

LA
FAMILLE DE SOLIGNY

PEINTURE DE MŒURS

PAR

Mlle C. ARNOULT

PROFESSEUR A BLOIS.

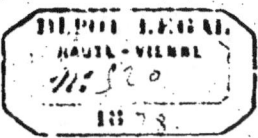

LIMOGES	PARIS
F. F. ARDANT FRERES,	F. F. ARDANT FRERES,
7, avenue du Midi.	4, quai du Marché-Neuf.

PREFACE.

Pour faire diversion aux lectures historiques qui, cependant, doivent l'emporter sur les autres, nous avons essayé de faire une esquisse de notre prétendu progrès de même qu'une peinture des mœurs de notre époque.

Si l'histoire elle-même, est la peinture des hommes publics et des *événements intérieurs*, le roman est l'histoire de la société. C'est un tableau plus ou moins riche en coloris; ce sont des scènes animées le plus souvent par la passion qui, presque toujours cède le pas à l'ascendant de la vertu.

Notre but est tout simplement, de mettre sous les yeux, les tristes résultats d'une *éducation fausse*, de démontrer les égarements de l'orgueil, source de l'égoïsme, comme aussi de constater que l'honneur, la loyauté, le dévouement, sont le partage des âmes d'élite.

CHAPITRE I.

MONTBARD.

A quinze kilomètres de Sémur, sur le canal de Bourgogne et sur la Brenne, est situé un chef-lieu de canton, qui a doublé d'importance depuis que la voie ferrée le traverse. C'est Montbard, la patrie de Buffon et de Daubenton.

Accidenté par des côteaux couverts de vignes, abrité par de superbes forêts, ce pays a un aspect varié; et, depuis la facilité des communications, il a vu accroître considérablement sa population.

Des familles riches y ont fait construire d'agréables habitions; des industriels attirés par les importantes forges de Colombes, créées par le duc de Raguse, se sont établis aux environs de Montbard; de sorte que, du développement de la richesse mobilière et du progrès industriel, est né, dans ce petit centre de la Bourgogne, un bien-être général qu'ennoblit la vie intellectuelle et morale.

CHAPITRE II.

LA FAMILLE DE SOLIGNY.

C'est donc non loin du donjon où le Pline moderne passa, selon son expression, les plus belles années de sa jeunesse, que nous prenons le point de départ de notre récit, et que nous entrons dans le Ravin, petit castel, qui jusqu'en 1872, appartint héréditairement à la famille de Soligny.

Depuis 1848, le Ravin, qui n'était habité que pendant les vacances, le fut constamment par Monsieur Henri de Soligny qui, à la révolution de février, avait été révoqué comme le sont le plus souvent, les fonctionnaires dont les opinions combattent ceux qui renversent les trônes. Monsieur de Soligny était entré dans l'administration en 1840; et il avait obtenu un avancement rapide autant par son intégrité et sa capacité, que par l'honorabilité de sa famille; et en 1845, on lui avait donné la recette de Mâcon qui est une des meilleures de France. A ce poste important, Monsieur de Soligny avait su gagner l'estime de ses subordonnés ainsi que la sympathie de la société choisie de la ville. Aussi, n'avait-il souhaité qu'une chose, celle d'y rester, et d'y élever ses trois enfants.

Hélas ! cette légitime espérance s'évanouit par la chute de Louis Philippe, et avec elle s'évanouirent le calme et la joie du foyer domestique. A cette époque, Monsieur de Soligny, marié depuis 10 ans, avait épousé en 1840, au grand déplaisir de son père, Mademoiselle Duverney, fille d'un riche banquier de Lyon, qui lui apportait en dot trois cent mille francs. Le père de Monsieur de Soligny ambitionnait pour son fils, moins d'argent, mais une famille plus honorable, car Monsieur Duverney n'avait pas une réputation bien établie. Et, comment expliquer, que son fils se soit mésallié, si ce n'est qu'il existe des personnes qui, prenant le nom séduisant d'ami, vous leurrent et vous trahissent !

CHAPITRE III.

LA FAMILLE DUVERNEY.

Monsieur Duverney père de trois enfants, avait négligé la partie solide de leur éducation, tant il était persuadé qu'à notre époque, la fortune supplée à ce que tant d'autres jugent indispensable.

On comprend que Mademoiselle Duverney, élevée dans un milieu où l'on ne parlait que bénéfices et spéculations, n'ait reçu aucun des principes sans lesquels, rien ne s'inculque ; et que Monsieur de Soligny ait été affligé de voir son fils contracter une alliance nullement en rapport avec les traditions de sa famille et les sentiments élevés qui en rehaussaient la noblesse.

Madame de Soligny était jolie, mais dépourvue de distinction ; peu intelligente, elle visait à l'esprit, et recourait à des phrases emphatiques que rendaient encore plus ridicules ses manières compassées. Jamais on n'avait développé en elle, le sens qui discerne, ni ouvert son cœur aux affections douces et généreuses. Aussi se montrait-elle indifférente aux prévenances de son mari, et insensible aux caresses de ses enfants.

D'ailleurs, elle les confiait aux soins d'une bonne qui, heureusement s'était attachée à ces chers petits par l'intérêt qu'ils inspiraient. L'aîné, René avait huit ans, et passait la journée dans une petite pension bien composée; Mathilde âgée de six ans, se distrayait avec le plus jeune Gabriel, aussi bel enfant que l'étaient les enfants de l'Albane. Tel était l'intérieur de la famille de Soligny, lorsqu'il fallut quitter Mâcon. Aussi, que d'inquiétudes vinrent assombrir l'esprit de Monsieur de Soligny! Comment! se disait-il, vais-je faire pour l'éducation de mes enfants? ils sont trop jeunes pour les éloigner du toit paternel, et d'un autre côté, je pressens que leur mère, qui méconnaît la loi du devoir et les joies de la maternité, refusera de venir habiter le Ravin.

C'est donc en proie à ces pénibles réflexions que Monsieur de Soligny se préparait au départ, tandis qu'il se mettait en règle pour remettre à son successeur les comptes de la recette générale. Monsieur de Soligny avait beaucoup d'ordre, et malheureusement sa femme, qui ne comptait avec personne, avait contracté des dettes envers certains commerçants, empressés par vanité, de satisfaire à ses désirs. Mais on ne peut céler longtemps l'abus de confiance qui vous est imputé. Et quelle ne fut pas la confusion de Monsieur de Soligny, quand, de tous les côtés, chacun vint réclamer ce qui lui était dû, et ce n'était rien de moins, que cent mille francs.....

Comment payer une pareille somme lorsqu'on perd une place qui suppléait à une fortune personnelle; et que, sur une dot de trois cent mille francs , on a déjà ôté, pour céder aux caprices d'une femme déraisonnable cinquante mille francs, dans le but de passer des saisons à la mer ou aux eaux, et que le reste de la dot a servi de cautionnement à l'Etat? que de peines à la fois pour un homme d'honneur et une nature d'élite !

Oh ! s'écriait Monsieur de Soligny; que je regrette de m'être laissé séduire par les dehors de l'opulence , plutôt que de chercher dans mon alliance , une honorabilité héréditaire et une conformité de mœurs et d'éducation !

L'ex-receveur dut naturellement faire des reproches à sa femme , et mettre sous ses yeux la situation embarrassante et pénible qui était le résultat de ses prodigalités.

Madame de Soligny ne nia pas les faits , mais elle montra une insouciance qui attéra son mari. A quoi pensiez-vous, lui dit-il , pour faire des dépenses inutiles, ruineuses et auxquelles une femme qui se respecte , n'eût jamais consenti ? Mais, répondit Madame de Soligny, ne vous ai-je pas apporté une dot ? n'était-ce pas afin de me procurer toutes les distractions de mon âge et de ma position? Croyez-vous aussi, que je vais m'enfermer au Ravin , parce que vous perdez votre place ? Détrompez-vous , puisque vous ne voulez pas rester à Mâcon , au moins l'hiver, j'irai le passer à Lyon, et assurément, que mon père sera très flatté de me conduire dans toutes les fêtes qui se succèdent dans cette grande ville. — «Vous êtes aussi insensée qu'on peut l'être , répliqua Monsieur de Soligny ; vous raisonnez comme une femme qui est dépourvue de cœur. » — Ne devriez-vous pas écrire à votre père de payer les cent mille francs que vous avez contractés, plutôt que de songer à suivre une voie qui vous a déshonorée, vous et vos enfants ?

Ces judicieuses observations n'exercèrent aucune influence sur l'esprit de Madame de Soligny qui répondit : « Je ne veux pas fatiguer mon père par des réclamations ; à son âge, il ne faut point d'impressions pénibles ; prenez sur ma dot, et acquittez ce qu'on vous demande

L'AVOCAT.

Déconcerté et profondément affligé ; Monsieur de Soligny crut qu'il était prudent de consulter un avocat éclairé et judicieux. Son choix fut celui d'un vieillard qui inspirait le respect à tous. L'intrégité de ses sentiments, ainsi que les services qu'il avait rendus dans certaines familles pour légaliser des affaires délicates, ajoutait à l'honorabilité de son nom.

Lorsque Monsieur Tronchet (car il s'appelait ainsi), vit venir Monsieur de Soligny, il ne fut pas surpris de ce qu'il lui révéla, car il avait entendu parler défavorablement de la femme du receveur général de Mâcon. Mais il crut néanmoins, qu'il était sage de demander à son client, quatre jours de réflexions, afin de prendre tous les renseignements nécessaires. Rentré à son hôtel, Monsieur de Soligny prévint sa femme qu'il fallait se hâter de faire le déménagement, parce que le successeur annonçait son arrivée dans cinq jours. Je vais, dit-il à sa femme, vous faire partir, vous et mon père, pour le Ravin, et je vous rejoindrai dès que j'aurai remis

le trésor à celui qui me remplace. Pourquoi me parlez-vous
d'accompagner mon beau-père? ne vous ai-je pas dit, que
je ne veux pas à mon âge, m'enfermer dans la commune de
Montbard, où l'on ne voit que des bois et des prairies?
D'ailleurs, je veux m'épargner l'humiliation de voir emmé-
nager votre successeur, et je pars ce soir pour Lyon. C'était
s'exprimer si clairement, que Monsieur de Soligny vit qu'il
n'y avait rien à dire. Il se rappelait que Louis VII fut obligé
de recourir à la force, quand il voulut qu'Eléonore quittât
la cour d'Antioche pour revenir en Europe, et que celui-ci fut
contraint d'accepter le divorce. Pressentant le même résultat
il laissa agir Madame de Soligny qui se fit conduire à la gare
pour prendre le train de Lyon.

LE DÉPART DU PÈRE.

Le jour du départ arrivé, Monsieur Henri accompagna son
père jusqu'à Montbard où la voiture de son régisseur l'attendait pour l'emmener, lui et ses domestiques. Ce fut avec une
vive émotion que le père et le fils se séparèrent, tout en se
disant à bientôt. Monsieur Henri se hâta de revenir à Mâcon
qu'il désirait quitter le plus tôt possible, mais avant il avait
à faire partir ses enfants pour Paris, car il les confiait à sa
sœur, jusqu'à ce qu'il eût recouvré un peu de calme, et qu'il
fut installé au Ravin.

MADAME CHAMPLAIN.

Monsieur de Soligny n'avait pas qu'un fils pour entourer sa vieillesse de sollicitude et de tendresse. Il avait une fille qui comme son frère, ne fut pas à l'abri des épreuves; mais il semblait que le malheur dût suivant la pensée de Fénélon, ajouter un nouveau lustre à son existence. Mademoiselle Thérèse de Soligny, avait épousé Monsieur Champlain capitaine de vaisseau aussi distingué par les qualités du cœur que par l'avenir qu'il s'était préparé. Il avait accompagné en 1828 Dumont D'Urville, lorsque cet habile navigateur explora les terres-australes pour découvrir à Varikoro, les restes du célèbre La Pérouse qui furent rapportés en Europe.

En 1835, Monsieur Champlain atteint d'une fièvre pernicieuse, succomba au troisième accès, laissant une veuve et des enfants dans la désolation. Mais à l'exemple de Clotilde de Surville, Madame Champlain douée d'une âme élevée et d'un cœur généreux, se montra digne d'admiration. Dès lors, elle sentit que, pour elle il n'y avait plus ici-bas de joie pure, ni de bonheur légitime; néanmoins loin de se laisser abattre par le chagrin, elle sut trouver dans une âme forte et chrétienne le courage sans lequel une femme éprouvée faillit et succombe.

Bien que Madame Champlain restât avec peu de fortune (puisque Monsieur de Soligny avait seulement doté ses enfants avec la part qui leur revenait de leur mère), elle préférait habiter Paris, afin d'être plus indépendante, et par là, plus dévouée à ses enfants, en qui son mari avait mis son orgueil.

LE CHÂTEAU DU RAVIN.

Cette terre, dont Monsieur de Soligny était possesseur, lui venait d'un oncle paternel membre du parlement en 1770, et qui l'avait élevé.

Nommé légataire universel, Monsieur de Soligny avait exécuté les volontés testamentaires de son parent à l'égard des héritiers ; et il tenait aussi à respecter la dernière ; c'était de ne jamais vendre le Ravin, afin qu'il restât dans la famille de Soligny, possesseur de cette terre depuis l'année où fut signé le traité de Paris qui mit fin à la guerre de sept ans (1763).

Le Ravin était un petit château construit en briques sur le modèle du château de Montlhéry. Ses dépendances consistaient, 1° en vingt-cinq hectares de bois, 2° dix de vignes, 3° quinze de prairies artificielles, et en deux fermes très bien affermées. Inhabitée, cette terre était de peu de rapport, parce que les propriétaires ne jouissaient pas des dépenses faites annuellement, dans l'intérêt de l'agriculture et du château. Monsieur de Soligny savait tout cela par expérience ; en outre, il avait une capacité incontestable pour tout ce qui a du rapport à l'administration. Mais depuis la perte de sa femme dont il s'était montré inconsolable, il n'avait pu se résigner à habiter seul le Ravin. Il s'était réuni à son fils, plutôt qu'à sa fille, puisque son gendre resta peu de temps dans les ports de mer, jusqu'à l'époque où il fut adjoint à l'infortuné Dumont d'Urville. C'était donc seulement aux vacances que le Ravin reprenait de la gaîté et de la vie ; alors la famille y était réunie.

LES RECOMMANDATIONS.

Lorsque Monsieur de Soligny avait marié ses enfants, il leur avait fait promettre de ne jamais vendre l'héritage de son oncle, ni le château où il avait passé avec une femme charmante, des années de quiétude et de bonheur. « J'espère,
» disait-il, Henri et Thérèse, que jamais des dissentiments
» n'altéreront l'amitié que vous avez l'un pour l'autre ; et
» que vous saurez régler vos intérêts sous les auspices de
» l'union que j'ai toujours entretenue entre vous deux.
» J'aime à me persuader que vous considérerez le Ravin
» comme un lieu que vous vénérerez par le respect et la re-
» connaissance. Votre mère repose dans le cimetière voisin,
» près d'elle, je viendrai prendre une place, que cette pen-
» sée, mes enfants, demeure à jamais gravée dans votre cœur,
» et dans celui de vos enfants. »

« Pour le moment, ajouta Monsieur de Soligny, je m'engage à veiller aux intérêts de l'héritage qui m'a été laissé, afin de vous le remettre dans les meilleures conditions possibles »

Famille de Soligny.   2

Voilà comment le Ravin avait été abandonné de ses maîtres, jusqu'à l'époque où nous voyons la famille de Soligny s'y établir à demeure.

INTÉRIEUR DE MADAME CHAMPLAIN.

La sœur de Monsieur de Soligny habitait le faubourg Saint-Sulpice, dans une maison voisine du séminaire. Elle avait trouvé chez un propriétaire estimable, un appartement commode, convenable et assez complet pour recevoir quelques membres de sa famille; Madame Champlain mère qui demeurait à Brest, avait fait à sa belle-fille des offres avantageuses pour la décider à se réunir à elle; assurément, que c'eût été pour les deux affligées une source de consolations pour parler d'un fils et d'un époux dont elles étaient si tendrement aimées ; sans doute, que Madame Champlain eût été moins isolée ; mais le devoir lui imposait une tâche pour l'accomplissement de laquelle elle acceptait tous les sacrifices.

Avec sa petite fortune Madame Champlain vivait honorablement à Paris ; sans aller dans le monde elle avait su choisir un petit cercle composé de personnes recommandables et distinguées ; et dans ce centre où elle inspirait le respect et la sympathie, elle s'entourait en quelque sorte, de protecteurs pour ses enfants auxquels tous s'intéressaient. L'aîné, Abel, suivait des cours spéciaux pour entrer à l'école polytechnique ; Elisabeth et Nelly travaillaient sous la direction de leur mère, en suivant les cours de Monsieur Alvarès Lévi : et ce

qu'il y avait de touchant, c'était de voir ces trois enfants s'effor-
cer à l'envie l'un de l'autre, de dédommager leur mère de son
amour éclairé, attentif et dévoué. Cette digression nécessaire
pour suivre notre récit, nous a détournée de la situation de
l'ex-receveur de Mâcon, que nous retrouvons près de faire
une seconde visite à Monsieur Tronchet.

SECONDE VISITE.

Le délai demandé par l'intègre avocat étant expiré, Monsieur de Soligny vint le trouver et fut reçu avec la même urbanité que la première fois. « J'ai réfléchi, dit Monsieur Tronchet, qu'il est urgent que vous fassiez connaître votre
situation à votre beau-père, et que vous le priiez de vous
faire l'avance de la somme que vous attendez pour payer les
dettes contractées à votre insu par Madame de Soligny. »
C'est le seul moyen auquel j'avais déjà pensé, reprit Monsieur
de Soligny, et je vais vous quitter pour écrire tout de suite
à Monsieur Duverney.

LE BEAU-PÈRE.

Ce fut dans les termes les plus polis et avec des marques
de bienveillance sincère que Monsieur de Soligny adressa une

lettre à son beau-père. Loin de lui parler des torts de sa femme,
il lui faisait envisager que la déconsidération dont elle était
l'objet en quittant Mâcon, lui servirait de leçon. « Jusqu'ici,
» ajoutait-il, l'ascendant de la raison, non moins que mes
» conseils n'a pu obtenir quelque chose sur la légèreté de
» son esprit et sur les habitudes de dépense qu'elle a con-
» tractées auprès de vous. — Cependant j'espère que tôt ou
» tard, la voix du cœur se fera entendre et qu'elle recon-
» naîtra ses torts. » Mais en pareille occurrence que peuvent
la loyauté, le sentiment du devoir et l'élévation des sentiments sur des individus qui se sont déclassés parce que la
fortune leur a été favorable, et qu'ils ont acquis un certain
savoir-faire en spéculant sur toutes les bourses qui se sont
ouvertes à leur gré ? Hélas ! l'éloquence la plus persuasive est
vaincue

Monsieur Duverney répondit donc à son gendre. « Veuillez
» ne pas compter sur ce que vous espériez obtenir de moi ;
» je ne suis pas déjà si fier de vous, qui n'avez pas su con-
» server votre place (comme si les révolutions n'entraînaient
» pas après elles, ceux qui essaient de les conjurer), c'était à
» vous de surveiller les dépenses et les démarches de votre
» femme, — arrangez-vous avec sa dot.

Cette réponse découragea Monsieur de Soligny qui n'eut rien
de plus pressé, que de revenir voir Monsieur Tronchet.

LE CONSEIL.

Ce dernier n'avait rien espéré de meilleur de la part du grand banquier de Lyon ; mais il fut frappé de l'abattement de son client. Après l'avoir raisonné et calmé, l'honorable avocat lui traça en deux mots la ligne de conduite qu'il avait à suivre. {« Il faut retirer de votre cautionnement les cent mille » francs que l'on vous réclame, et vous acquitter avec tous » au plus tôt. Je vous parle en ami, ajouta-t-il, car je vous » estime et vous plains. — Quelles que soient les épreuves » et les déceptions qui nous surprennent, il faut savoir en » tirer le meilleur parti possible ; le temps adoucit les maux ; » mais quand on n'en saisit pas l'opportunité, il est trop » tard pour agir. — Maintenant, ce que je puis faire, » reprit Monsieur Tronchet, c'est de négocier cette affaire » pour vous au ministère des finances, ensuite je paierai tout » ce qui est dû en votre nom à Mâcon. Donnez-moi mon » cher Monsieur de Soligny, votre procuration, et je vous » certifie de mener tout à bonne fin. »

Celui-ci accepta l'offre bienveillante de son avocat, et prit congé de lui en l'assurant de sa sincère reconnaissance. Dès ce jour, Monsieur de Soligny accéléra son départ de Mâcon ; et, dans la crainte de causer à son père une trop vive émotion, il ne lui annonça le jour de son arrivée.

LE RETOUR.

Bien que Monsieur Henri éprouvât un ardent désir de revoir sa famille, il lui en coûtait de quitter Mâcon, surtout d'abandonner une position qui, tout-à-coup, changeait sa vie privée et sa vie sociale. Le premier avril, il fallut partir. Accompagné de son fondé de pouvoir, Monsieur Henri se rendit à la gare et prit le train de Dijon. Il était six heures, quand il en descendit à Montbard ; et fut obligé de se procurer un cabriolet pour se faire conduire au Ravin, où il n'était n'était pas attendu.

Sept heures sonnaient, quand Monsieur Henri traversa l'avenue de platanes qui conduit à la cour d'honneur. Près de la grille, il descendit de voiture, et frappa à la porte du garde. Ce dernier ouvrit et salua son maître en lui exprimant le plaisir qu'il avait de le revoir. « Veuillez, lui dit-il, prévenir un domestique de mon arrivée, pour qu'on ôte de la voiture, mes bagages et quelques objets précieux qui étaient restés à Mâcon. »

Le garde s'empressa d'obéir ; et cinq minutes après, tout le château était en émoi. Monsieur de Soligny donnant le bras à son domestique, vint au-devant de son fils qui ne put retenir ses larmes. De son côté, le vieillard était si vivement impressionné qu'il ne proférât pas une parole. Enfin, le silence fut rompu par Monsieur Henri qui dit à son père : « Prenez » mon bras, et rentrons au salon, car nous nous fatiguons » réciproquement. »

Après une demi-heure de calme, Monsieur Henri fut prié de passer à la salle à manger où son dîner était servi. Il s'y rendit en disant : « Je vais seulement prendre un potage ; » les inquiétudes et les vives douleurs ont de la réaction sur » l'organisme, non moins autant que les travaux pénibles. » Tout se paie et se retrouve de quelque manière que ce » soit. — A neuf heures le père et le fils se séparèrent pour » goûter le repos dont ils avaient besoin. »

LE PASSÉ.

On comprendra que Monsieur Henri ne dormit pas ! Se retrouver au château où il avait passé les joyeuses années de son enfance, entouré de sollicitude par une mère éclairée et dévouée, troublait son cœur qui, depuis bien des années, ne goûtait plus la paix ni la joie ! L'avenir lui apparaissait triste et sombre. « Il vaudrait mieux que je ne fusse pas » marié, disait-il, que d'avoir ma femme qui n'est ni épouse » ni mère... A quels amers regrets, ma vie est réservée ! »

Une nuit sans sommeil paraît longue, et, l'on désire malgré la fatigue que le jour se montre. C'est pourquoi dès que le soleil parut au-dessus de l'horizon, Monsieur de Soligny sonna son domestique, s'informa comment son père avait passé la nuit, et s'occupa jusqu'au déjeuner à disposer son cabinet de travail, et à ranger sa bibliothèque.

A dix heures, il vint trouver son père, lui offrit le bras pour descendre au salon ; ensuite, prévenus que le déjeuner était servi, ces messieurs passèrent à la salle à manger.

CONFIDENCES

Le repas fut triste et court ; Monsieur de Soligny père avait l'habitude de déjeûner légèrement parce que tous les matins il prenait un potage ; quant à son fils, il éprouvait ce qu'on ressent, quand on a trop marché, une fatigue qui donne de l'inertie à l'estomac. Il mangea peu, et lorsqu'on eut servi le café, Monsieur Henri pria le domestique de se retirer, voulant lire à son père les fragments les plus importants du journal le *Français*, qu'on recevait au château de dix à onze heures.

Après avoir fait quelques réflexions sur les affaires du jour, Monsieur Henri engagea son père à faire une promenade, et lui fit comprendre que c'était une habitude à prendre tous les jours.

« Hé bien ! Henri, faisons le tour du parc, et nous
» rentrerons ensuite. Tu viendras avec moi dans ma chambre
» parce que je veux remettre entre tes mains l'administra-
» tion de notre propriété. Je veux me reposer sur toi : Vo-
» lontiers, mon père, dit Monsieur Henri. » — Il était midi
quand ils quittèrent la salle à manger, et à deux heures
Monsieur de Soligny et son fils rentrèrent à la maison. —
L'appartement du vieillard était au midi, de sorte, que les
rayons du soleil y ramenaient la chaleur et la vie. Des fenêtres,
on avait une vue ravissante sur des vallées ombreuses traversées
par des ruisseaux limpides dont la permanence entretenait la
fraîcheur et la fécondité. Monsieur de Soligny prit place dans un

fauteuil et s'assit devant son secrétaire. « Henri, dit-il, voici
» les actes notariés qui constatent comment le château
» est en ma possession; les registres où sont inscrites
» les augmentations, que j'y ai faites; les baux signés
» par les fermiers; enfin le livre des dépenses annuel-
» les. Tu n'as qu'à suivre la voie dont je ne me suis
» jamais écarté, celle de la justice et de l'humanité. » Après
avoir écouté attentivement ce respectable vieillard, Monsieur
Henri reprit; mon père, je n'ai pas d'autre intention que de
marcher sur les errements que vous m'avez tracés; mais
laissez-moi vous faire une observation. « Je suis heureux
» de vous décharger d'une responsabilité qui est au-dessus
» de vos forces; toutefois, vous permettrez que chaque
» année, je partage avec vous et Thérèse, le revenu du Ra-
» vin : c'est votre bien; il n'appartient ni à ma sœur ni à
» moi. D'ailleurs je vais lui écrire, insister pour qu'elle me
» ramène mes enfants et vienne passer quelques jours avec
» nous. » — D'autant plus, reprit Monsieur de Soligny, que
j'ai le plus grand désir de la voir. Elle est si méritante dans
son malheur, ma fille !

DÉCISION DE MADAME CHAMPLAIN.

La journée ne se passa pas sans que Monsieur de Soligny
écrivit à sa sœur. Il la remercia de sa sollicitude pour ses
jeunes enfants, l'engagea à les accompagner au Ravin, où sa
présence était nécessaire. Après lui avoir dit : à bientôt,

Monsieur Henri ferma sa lettre avec l'espérance de revoir prochainement les membres les plus chers de sa famille.

Madame Champlain reçut cette missive et s'empressa de répondre à son frère qu'elle cédait à son désir, en lui disant :

« Nous irons. mes enfants et moi, nous reposer au Ravin, la semaine de Pâques ; il m'est doux de les récompenser de leur application, et de leurs progrès ; puis il me sera bien consolant de me réunir à mon père dont la séparation m'est toujours pénible. — Ainsi, tu peux compter sur nous le mardi de Pâques ; en attendant nous passerons la grande semaine dans le recueillement : A bientôt, mon cher Henri. »

L'ATTENTE.

Tout en se disposant à la fête de Pâques, les habitants du Ravin préparaient l'appartement que devait occuper madame Champlain. Monsieur de Soligny père se réjouissait à la pensée de voir autour de lui réunis tous ses petits enfants, bien que son âme fût triste : « Que doit-on penser dans le monde, se disait-il, en voyant mon fils abandonné de sa femme ? »

Ces réflexions constantes épuisaient peu à peu les forces de ce vieillard qui, dans le regard anxieux de son fils, lisait le chagrin que celui-ci s'efforçait de céler. Pourtant, les jours s'écoulèrent dans le recueillement ; et, lorsque Pâques fût arrivé, on vit messieurs de Soligny suivis de leurs fermiers et de leurs domestiques célébrer cette grande solennité avec la foi qui animait les premiers chrétiens. La grand'messe finie, le curé de Montbard vint saluer Monsieur de Soligny père, et lui dit que pour rendre cette fête plus complète il acceptait son invitation tant de fois réitérée, et qu'il aurait l'honneur de dîner au château.

LE PASTEUR.

Monsieur de Salignac descendait de la noble maison de Fénélon, et à l'exemple du digne évêque de Cambrai, il unissait à une intelligence supérieure la pratique des vertus évangéliques. Imitateur du précepteur du duc de Bourgogne, Monsieur de Salignac avait reçu une éducation et une instruction distinguées qu'il rehaussait par l'aimable don de savoir concilier les cœurs. Destiné par la Providence à honorer le sacerdoce, Monsieur de Salignac avait préféré aux dignités qu'on lui avait offertes, le calme de la campagne, au milieu d'une population dont il était le pasteur et le père. De plus, tel que l'auteur de Télémaque, il aimait les lettres, il les cultivait, et savait par expérience, que l'agitation des grandes villes, nuit à la sérénité de l'esprit. Doué d'une âme tendre comme Fénélon, il faisait du christianisme une loi d'amour de charité, et de la famille, berceau de la société, une sorte de sanctuaire dans lequel une affection illégitime, non plus qu'un souffle corrupteur, ne doit se glisser. C'est pourquoi, les revers que Dieu envoyait à la famille de Soligny si respectée dans le canton, assombrissaient l'esprit de Monsieur de Salignac qui aimait à offrir pour elle le saint sacrifice.

Le dîner se passa très agréablement. Une conversation entre des hommes éclairés et amis du *vrai*, ne peut qu'être intéressante, ce qui n'empêcha pas qu'elle ne fût égayée par la joie de voir arriver Madame Champlain.

L'après-dînée fut employée à jouer au tric-trac, et à dix heures, on prévient Monsieur le curé que la voiture l'attendait.

Le lendemain de Pâques qui est un jour de congé pour les écoliers, est aussi une demi fête pour les villageois, M. de Soligny et son fils allèrent à Montbard, y entendirent la messe, et revinrent satisfait, de leur promenade.

La fin de la journée fut consacrée à préparer les appartements de la fille et sœur si ardemment attendu.

L'ARRIVÉE.

C'est à trois heures du soir que le train de Paris s'arrête à Montbard, et c'est à cette station que Monsieur Henri vint à la rencontre de sa famille. On comprendra les émotions du frère et de la sœur dont le malheur resserrait l'attachement, René, Mathilde et Gabriel furent très contents de revoir leur père qui les trouva grandis et docile. — Quant à ses neveux, auxquels il tenait lieu de père il leur témoigna une vive affection.

Après le trouble causé par les premières émotions, Monsieur Henri fit mettre les colis dans le cabriolet destiné à les transporter au Ravin ; puis il fit monter dans la calèche de famille, sa sœur et les enfants. La distance qui sépare Montbard du château, fut bientôt franchie ; et à quatre heures, les voyageurs entouraient de tendresse et de respect, leur père vénéré. Madame Champlain le trouva changé, surtout très affaibli ; et lui aussi, s'aperçut de l'altération des traits de sa fille, mais l'élégance de sa taille ainsi que la distinction de ses manières effaçait l'outrage qu'une vie laborieuse assombrie par les inquiétudes, laisse à sa suite. — Son âme bien trempée s'élevait plus haut. Elle trouvait tant de dédommagement en l'affection et la reconnaissance de ses enfants, qu'elle eut pu dire à son père comme cette fière *Romaine* en montrant ses enfants : « Voilà mes bijoux les plus précieux ! »

Monsieur de Soligny remarquait effectivement que son petit fils Abel avait une instruction solide et un esprit judicieux qui ne nuisaient en rien à l'amabilité de son caractère, ni à la gaîté de son âge. Ce bon grand-père trouvait Elisabeth et Nelly bien élevées, simples dans leurs manières, et sérieuses et attentives quant il faut l'être ; au reste, tous les trois s'empressaient par leur docilité de répondre à la tendre sollicitude de leur mère. Quant aux enfants de son fils, il ne pouvait les embrasser sans avoir le cœur serré. — Quel avenir leur est-il réservé ! se disait-il à lui-même.

Une journée d'inaction nécessite un repos anticipé ; de sorte que toute la famille se sépara peu après le dîner pour se retirer chacun dans sa chambre.

LA RÉCRÉATION A LA FERME.

Madame Champlain voulant que ses enfants profitassent de leurs vacances, leur donna congé pour toute la semaine. Toute à son père et à son frère, l'un et l'autre ne lui cachaient rien des préoccupations dont leur esprit était attristé. — « Tu » vois Thérèse, dit Monsieur Henri, ma femme ne m'écrit » pas; elle sait cependant que nous sommes installés au » Ravin, quel parti dois-je prendre? Mon ami, répondit » Madame Champlain, c'est de lui faire comprendre que sa » place n'est pas de rester à Lyon, qu'elle s'écarte du sentier » du devoir, qu'elle perd l'estime dont jouit une femme qui » se respecte, — que veux-tu! il n'y a pas à hésiter! « Je » vais suivre ton conseil, reprit Monsieur Henri, — je lui » écris à l'instant. » Il le fit en des termes aussi bienveillants que convenables, tout en étant persuadé que sa démarche n'exercerait aucune influence sur l'esprit de la fille de Monsieur Duverney.

Le jeudi, afin de distraire les enfants, on fit la fête de les conduire à une ferme, d'y goûter, et de pêcher dans l'étang voisin.

Cette partie fut acceptée avec enthousiasme. Monsieur Henri se mit à la tête de la bande joyeuse, et la conduisit au lieu indiqué en se faisant suivre d'un domestique. Arrivé à la ferme du père Thomas, ils furent bien accueillis.

« Soyez les bienvenus dit ce brave homme, ma femme

va vous regaler de crème et d'une galette qu'elle a faite ce matin, car « javons cuit annui. » Ensuite je mets ma bourrique à votre disposition. — Merci, père Thomas, répondit Monsieur Henri, nous userons de tout avec plaisir. Et aussitôt chacun se mit en devoir d'amuser les enfants qui furent enchantés. Monsieur Henri laissa faire les préparatifs en se réservant la liberté de retourner au château, et de laisser à la ferme, les enfants sous la garde du domestique qui reçut l'ordre de les ramener à l'heure du dîner. Tandis que tout s'animait et s'égayait. Monsieur de Soligny et sa fille, seuls dans le salon se laissaient aller aux doux épanchements de l'affection et de la confiance. Ce bon père éprouvait le besoin si naturel de louer en sa fille, son entendement et son courage car elle savait imposer silence à l'envie, et s'entourer d'une considération méritée : « Je vois avec orgueil, ajoutait
» le vieillard, que tes enfants te craignent, t'obéissent et
» t'affectionnent tendrement. Oh ! s'écria-t-il pourquoi n'en
» est-il pas ainsi de la femme d'Henri ! Quelques minutes de
» silence succédèrent à ce cri douloureux, qui fut tout-à-
» coup interrompu par le pas précipité d'un cheval. Effec-
» tivement, c'était la monture du facteur de Montbard qui
» apportait au Ravin, une dépêche à l'adresse de Monsieur
» Henri de Soligny. Il n'était pas rentré.

LE TÉLÉGRAMME.

Le télégramme fut porté à Madame Champlain qui le dé-
cacheta et lut : « Monsieur Duverney est surpris par une attaque
d'apoplexie. Signé : Louise de Soligny. » Cette nouvelle
troubla le père et la fille qui attendirent Monsieur Henri avec
anxiété. Après une demi-heure de conjectures, celui-ci entra
au salon, et s'aperçut tout de suite de l'impression qu'avaient
éprouvée son père et sa sœur.

Qu'avez-vous? dit-il, je vous trouve interdits? que s'est-il
donc passé depuis que je vous ai quittés? « Lis cette dépêche, reprit Madame Champlain. » Monsieur Henri regarda et
n'hésita pas à dire qu'il devait partir tout de suite pour
Lyon. Aussitôt après, on envoya à la ferme, prier le cocher
de ramener la petite famille plus tôt qu'elle ne le désirait.

L'ARRIVÉE A LYON.

Lorsque Michel fut revenu, il reçut l'ordre de conduire son
maître à la gare de Montbard. On avança l'heure du dîner, e
à sept heures, Monsieur Henri se séparait bien tristement de
son père et de tous ceux qui l'entouraient. A huit heures, il

prit à Montbard le train de Lyon où il arriva le lendemain à six heures du matin. Après avoir attendu longtemps à la gare de cette grande ville, où il y a une agitation et un mouvement continuels ; il prit place dans un omnibus, et se fit conduire à la rue de Marc-Aurèle, l'une de celles qui aboutissent à la place Bellecourt. L'omnibus s'arrêta au n° 94. Monsieur de Soligny en descendit, attendit qu'on lui eût donné ses bagages, et frappa à la porte de la maison de Monsieur Duverney. Une domestique mal tenue, vint lui ouvrir. « J'ai » ordre, dit-elle, de ne recevoir personne. — Mais, reprit » reprit Monsieur de Soligny je suis mandé par la fille de » Monsieur Duverney qui est mon beau-père ; vous pouvez » me laissez entrer. — Au reste, répliqua la servante, il est » mort à quatre heures du matin, ainsi que le médecin » l'avait dit. Eh bien ! suivez-moi. » — Monsieur de Soligny marcha derrière cette femme, traversa une cour plus large que longue, et arriva à un rez-de-chaussée très humide. Ensuite il monta un étage, et fut introduit à la chambre de Madame de Soligny. Après avoir frappé, il entra et la trouva avec le juge de paix. « Bonjour Louise, dit Mon- » sieur de Soligny à sa femme ; ne m'en veuillez pas, si » je ne me suis pas trouvé près de votre père pour recevoir » son dernier soupir ; je suis parti cependant, aussitôt après » avoir reçu votre dépêche. »

A peine m'écoutez-vous, Louise, qu'avez-vous donc à délibérer avec Monsieur? Expliquez-moi ces pourparlers? car, lorsque la mort frappe autour de nous ceux qui sont chers, on est tout à sa douleur : « plus ne vous est rien ; rien ne vous est plus ! » Vous ne voyez donc pas Henri, répondit Madame de Soligny, que c'est le juge de paix qui a reçu l'ordre de poser les scellés. — Parlez, je ne vous comprends

Famille de Soligny.   3

pas, — reprit précipitamment Monsieur de Soligny, puis se retournant vers le magistrat; « Monsieur, daignez m'informer du motif qui nécessite votre présence en ces lieux ? » Monsieur, répondit-il poliment : « En ce moment, considérez que je suis délégué par la justice à qui est départi le pouvoir d'appliquer les lois. — Monsieur Duverney qui vient de mourir, laisse 1,500,000 francs de passif; de sorte que ses créanciers ont droit sur tout ce qui est dans sa maison. Et dans la crainte que les héritiers ne dérobassent quelque chose, j'ai reçu l'ordre de poser les scellés partout. Je dois même faire l'aveu, que les enfants du défunts n'inspirent aucune confiance aux créanciers de votre beau-père. » — Quelle catastrophe inattendue ! s'écria Monsieur de Soligny, en s'appuyant sur un fauteuil. Ah ! que mon père avait bien raison de dire que « l'honneur et l'argent ne peuvent s'allier à notre époque ! »

« Ce que vous me révélez me brise, Monsieur le juge de paix, » ajouta Monsieur Henri avec l'accent du désespoir. » — Cette parole fut si vivement sent'e, qu'avant de se retirer l'officier de la justice voulut se mettre à la disposition de Monsieur de Soligny, dans la physionomie duquel il avait lu ce que l'élévation des sentiments sait y graver. « Merci des offres de service que votre obligeance me fait, je les accepte. » C'est pourquoi « Monsieur, je vous prierai de prévenir Monsieur le curé de la paroisse Saint-Irénée, que mon beau-père atteint d'une apoplexie, n'a pu recevoir les sacrements de l'Eglise, et que dans quelques heures, je me présenterai chez lui. » — Vous pouvez compter sur moi, Monsieur, reprit le juge de paix; je vous quitte, pour faire ce que vous désirez. — A la vue de sa femme qui était dans un état d'inertie complète, Monsieur Henri évita d'abord les questions pé-

nibles, puis, par convenance, il voulait respecter la demeure
de Monsieur Duverney qui gisait devant ses yeux, — Cependant, à trois heures, Monsieur de Soligny vint trouver sa
femme pour se concerter avec elle, relativement à la sépulture du défunt. — Louise, dites-moi, à qui je dois envoyer
des annonces et des invitations?

« Les invités ! ce ne pouvaient être que des agents d'affaires, des créanciers, des,,,,, »

MONSIEUR COTTIN.

Arrivé chez Monsieur le curé de Saint-Irénée, Monsieur de
Soligny trouva un vieillard à figure ouverte, assis devant une
table. Le ministre du Seigneur commentait les ouvrages de
Saint Basile et de Saint Grégoire de Naziance dont le savoir
et la vertu honorent l'Eglise grecque au IVe siècle.

« J'ai l'honneur de vous présenter mon respect ; dit Mon-
» sieur de Soligny, je regrette, Monsieur le curé de vous
» déranger, mais j'ai seulement deux mots à vous commu-
» niquer : Il s'agit d'obtenir de votre bienveillance le con-
» cours du clergé pour la sépulture de Monsieur Duverney
» qui eût dû, au moins, recevoir le sacrement des mourants. »
» Monsieur, reprit le pasteur, je suis en droit de vous
» refuser ce que vous sollicitez, car, votre beau-père et sa
» famille sont des paroissiens qui ne viennent jamais dans la
» maison de Dieu. — Toutefois, Monsieur, continua le curé,
» je respecte votre nom ainsi que la douleur peinte sur votre

» physionomie ; et, veuillez compter sur mol. Je vous ac-
» corde donc avec l'assistance du clergé, les prières de l'Eglise. »
— Merci, Monsieur, répliqua le gendre du défunt, croyez à
ma reconnaissance pour les procédés dont vous usez à mon
égard. — Après être convenus que la cérémonie aura lieu
le lendemain, vendredi à dix heures, Monsieur de Soligny
et Monsieur Cottin se séparèrent.

LA CÉRÉMONIE FUNÈBRE.

De retour à la maison, Monsieur de Soligny s'empressa de
faire part à sa femme de la bienveillance du curé de sa
paroisse et de la mettre au courant de ce qu'ils avaient décidé. — Ensuite, Monsieur de Soligny s'informa, si les fils
du défunt étaient arrivés. — Non, répondit sa femme, j'espère cependant que la dépêche arrivera jusqu'à eux. Or toutes les préoccupations du moment retombaient sur son mari
qui passa la journée à mettre des adresses sur des billets
d'enterrement.

Le lendemain matin, personne ne vint ; le gendre du
défunt fut seul à donner des ordres, afin que tout fût prêt,
pour recevoir les invités dans une pièce qu'on appelait salon
(sans l'être). Il s'y tint en attendant l'heure du convoi, ainsi
que les personnes qui devaient le suivre. Seul, Monsieur de
Soligny conduisait le deuil, qu'accompagnaient des commis de
banque, des agents d'affaires, des créanciers..... et pas une

personne notable !... Ainsi que Monsieur le curé l'avait promis, la cérémonie fut simple et convenable. A midi tout était fini, quant à l'inhumation, mais...

LES BEAUX-FRÈRES.

De retour à la demeure de la banque Duverney, Monsieur de Soligny y trouva ses deux beaux-frères qui exprimaient à leur sœur le regret d'être arrivés trop tard. Ils essayèrent de donner des excuses, mais celui-ci ne voulut point les accepter. Tout en causant, ils portaient autour d'eux des regards étonnés, et croyaient qu'en les devinant, on les eût prévenus. Fatigués de leur anxiété, ils rompirent brusquement le silence, et dirent : « Que signifient ces scellés posés au rez-de-chaussée et ici ? »

« — Interpellez votre sœur, répondit Monsieur de Soligny, » il lui en coûtera moins qu'à moi de vous le dire. Rends nous » compte Louise de ce qui s'est passé ? » Bien qu'elle fût toute tremblante, elle était près de donner à ses frères l'explication qu'ils désiraient si ardemment, quand la porte s'ouvrit pour prévenir que Monsieur Portalis, notaire de la banque, attendait ces Messieurs dans le cabinet de feu Monsieur Duverney.

« J'y vais, répondit Monsieur de Soligny ; mais avant de des- » cendre, je tiens à écrire deux lignes à mon pauvre père. — » Veuillez, dit-il à ses beaux-frères, vous présenter les pre- » miers, je vous suis. »

LA FAILLITE DUVERNEY.

Lorsque Monsieur de Soligny vint retrouver ceux qui l'attendaient, il trouva trente créanciers élevant la voix à l'envi des uns des autres. Il s'assit près du notaire, et le pria de prendre la parole. « Messieurs, la famille dont je suis manda-
» taire, connaît le motif de votre convocation · vous avez le
» droit de réclamer et de vous plaindre, mais, sachez
» que vous ne gagnerez rien à montrer de l'emportement.
» Nous vous prions d'inscrire sur ce registre la somme
» qui est due à chacun de vous, et d'y joindre vos pièces et
» vos titres. Ensuite nous examinerons l'actif qu'on peut
» vous offrir, — chaque créancier se soumit. »

Vint ensuite le relevé de la faillite qui avait un passif de plus d'un million. Quant à l'actif, voici dit le notaire en quoi il consiste : 1° La maison dans laquelle nous sommes, 2° une autre située rue du Rhône attenante à un jardin de deux hectares. Maintenant, il faut ajouter les dettes que contractait Monsieur Duverney avec tous les marchands qui lui vendaient à crédit. « Mon père, dit l'un de ses fils,
» lui si riche et si habile financier ! » Sachez, reprit Monsieur de Soligny, avec un sentiment de pitié, qu'il n'y a pas de fortune qui tienne au désordre ni aux extravagances de la fausse grandeur. En attendant, nous allons perdre s'écrièrent les créanciers avec humeur « Ce n'est
» pas ce que l'on pourra vendre, dit l'un deux qui

» nous acquittera. Je ne m'étonne plus, ajouta un troisième,
» que Monsieur Daverney ne se privât de rien ! Il parlait or
» et argent toute la journée, et ne savait pas même faire un
» problème de bourse ! Voilà, Messieurs continua un qua-
» trième, la solution du problème de la vanité et de l'ambi-
» tion. »

LE SACRIFICE.

« Du calme ? je vous en prie, dit Monsieur de Portalis,
laissez-moi vous parler. »

« Messieurs, je comprends que vous soyez déconcertés en
découvrant les mauvaises affaires du banquier Daverney, qui
a failli par sa faute. Il est très coupable, mais pensez aux enfants qui lui survivent, et auxquels il a donné une éducation
déplorable. Ah ! Messieurs, n'insultez pas, par vos clameurs
à son gendre que vous voyez près de moi, (il montre Monsieur
de Soligny) c'est lui qui va vous désarmer ! Il vous offre le
reste de la dot de sa femme qui, déjà par ses prodigalités,
a contribué à la ruine de sa famille. — Monsieur de Soligny
vous fait l'abandon de tout ce qui lui revenait. — Ces paroles
prononcées avec énergie et dignité, intimidèrent les créanciers, qui saluèrent et se retirèrent. — Dans huit jours,
Messieurs, dit Monsieur Portalis, veuillez vous réunir encore
ici, vous m'y trouverez. »

Cette séance qui avait duré trois heures avait fatigué Monsieur
de Soligny. Quelle épreuve ! s'écria-t-il en rentrant dans sa chambre. « Être obligé de faire un dernier sacrifice pour sauvegarder

l'honneur de mes enfants, et ne posséder plus rien ! n'ai-je pas
été imprudent ? pourquoi n'imiterai-je pas tant d'autres, qui,
dans la même situation que moi, ont renoncé à la succession
de leurs parents sous bénéfice d'inventaire ? » Ces réflexions
torturaient Monsieur de Soligny qui, en présence de sa femme
et de ses beaux-frères, ne put contenir son désespoir : « Quel
» déshonneur flétrit à jamais le nom de ma famille, elle qui
» a traversé des siècles sans souillure ! L'avenir de mes en-
» fants est perdu. » — Voyez Louise, où conduisent l'orgueil
et l'ambition ? Voyez, que c'est, non-seulement à sa ruine
personnelle, mais encore, à celle des familles qui mettent en
vous leur confiance. — Remarquez, quelle honte pour nous ?
A peine offrira-t-on treize pour cent. — Assurément, continua
Monsieur Henri, « mon père va succomber à la nouvelle de
» cette catastrophe. »

L'ENTRETIEN.

Madame de Soligny entendit ces reproches indirects sans
dire mot, et comme elle s'était fait violence, elle fut prise
d'un spasme qui l'obligea de se coucher. — Mais quelle nuit !
celle de la cruelle Athalie, voyant en songe sa mère Jézabel
ne fut pas plus terrible ! Aussi la pauvre femme tomba-t-elle
le lendemain dans un état de torpeur que rien ne put mo-
difier : médicaments, soins, conseils, tout fut inutile. —
Toutefois, quand Monsieur de Soligny vint dans sa chambre,
il l'a trouva écrivant une lettre dont il voulut connaître le
contenu.

« Jo prio, répondit Madame de Soligny, un jouoillier de
Lyon, de venir acheter mes bijoux et mes diamants, car jo
les ai soustraits aux scellés. » « Toutes ces pierreries, ajouta-
» t-elle sont des témoins muets de mes folies et de mon
» malheur ; ils mo font rougir ; d'ailleurs, j'ai besoin d'une
» somme quelconque pour entrer au cloître où jo vais cacher
» ma confusion et mon repentir. »

« Vous au couvent ! reprit Monsieur de Soligny. — j'avoue
» que je n'accorde aucun crédit en une résolution qui résulte
» de l'orgueil blessé, et non du regret d'avoir déshonoré un
» mari, et ruiné sa famille. » — « Vous êtes cruel, Henri et
» vous vous montrez inexorable, tandis que le Sauveur, no le
» fut point à l'égard de la Chananéenne. Sans doute, qu'à
» vos yeux, jo no vaux pas mieux quo la fille de cette femme
» qui était possédée du démon ; mais j'ai autant de foi, quo
» cette femme idolâtre en le père des miséricordes.

» Tous ces témoignages de repentir, sont pour moi, do
» vains mots, et jo no puis y accorder créance.

» Quo ces altercations soient finies, Henri, jo no vous par-
» lerai plus de pardon ; mais sachez, quo prochainement, à
» l'exemple de la duchesse de la Vallière, j'entrerai à l'abbayo
» de la miséricorde. — Semblable à celle qui, à la cour du
» grand roi, s'est laissé entraîner par les séductions d'uno
» cour dissolue et brillante, jo veux expier mes fautes par
» les austérités de la pénitence.

» Il faut quo jo m'instruise des vérités de la Religion, et
» quo jo cherche les moyens de rentrer en paix avec moi-
» même et avec Dieu. D'ailleurs, jo veux vous persuader, quo
» jo n'agis pas étourdiment, en prenant conseil du prêtre
» qui a béni notre mariage.

DÉPART DES FRÈRES,

Ces entretien avait attiré l'attention des frères de Madame de Soligny, qui, de la pièce voisine, avaient tout entendu ; quand ils n'entendirent plus parler, ils vinrent trouver leur sœur et la prévinrent de leur départ pour le lendemain.

« Nous nous rendons à Rouen, Louise, dans l'espoir d'en-
» trer au service du premier négociant qui consentira à nous
» employer, fut-ce sans rétribution. Nous ne pouvons plus
» rester dans une ville où demeurent à jamais les familles
» ruinées par notre père. — Reçois nos adieux, car nous
» quitterons la maison de bonne heure, et il nous serait très
» pénible, de les renouveler. Adieu Louise, donne nous de
» tes nouvelles, et..... Tout-à-coup, la porte s'ouvrit et
» Monsieur de Soligny entra. — Aussitôt les deux frères s'ap-
» prochèrent et lui tendirent la main. — Henri, c'en est fait,
» il ne peut plus exister entre vous et nous, de lien de fa-
» mille ; ma sœur qui se sépare la première, nous trace la
» voie que nous devons suivre à votre égard ; d'ailleurs nous
» vous ferions rougir ; vous êtes irréprochable, et bien plus à
» plaindre que nous, qui ne sommes pas excusables. — Puis-
» siez-vous retrouver des jours prospères et heureux !!

» C'est le vœu que nous désirons vous faire agréer avant
» de nous éloigner ; ne le dédaignez pas. Adieu, ajoutèrent-
» t-ils. » — Ensuite, ils s'éclipsèrent pour cacher leur émotion. — Le surlendemain, Messieurs Duverney arrivèrent à

Rouen, et comprirent trop tard, qu'il ne faut compter que sur soi.

NOUVEL ENTRETIEN.

Cette séparation mêlée à des réflexions pénibles, impressionna Monsieur Henri qui, pour la surmonter, écrivit à Monsieur Tronchet. — Il lui semblait apporter quelque soulagement à ses chagrins en les confiant à un cœur susceptible d'y compatir. Pourtant, il n'était pas à la fin des épreuves !! Pour le moment, la question à résoudre, était le parti que sa femme avait résolu de prendre ; c'était en quelque sorte, un coup hardi, dont il fallait examiner la cause et les effets, de manière à entrer dans les desseins de la Providence.

C'est pourquoi Monsieur de Soligny usa à l'égard de sa femme de tous les ménagements possibles. Néanmoins, il crut qu'il était opportun d'éprouver encore la sincérité de ses sentiments.

« Avez-vous réfléchi Louise aux engagements dont vous m'a-
» vez fait part, il y a deux jours ? Sachez que vous allez être
» soumise à une règle très sévère ; que vous serez sous la
» domination de toute une communauté qui observera vos
» moindres mouvements ? »

» Prévoyez-vous, la lutte morale qui s'engagera entre la na-
» ture et l'esprit lorsque pour horizon, vous ne verrez que des
» murs et des grilles ? Vous ne serez jamais victorieuse de vous
» même, attendu qu'il vous manque d'abord, la faculté qui dis-
» cerne et caractérise nos actions, la conscience morale ; ensuite,

» que vous êtes dépourvue de cette faculté de l'âme, le cœur,
» d'où découlent l'amitié, l'amour, le dévouement.....» Au
même instant on frappa à la porte. C'était le prêtre mandé
par Madame de Soligny.

L'ABBÉ HUET

Monsieur Huet se présente en disant : peut-être Madame,
ne m'attendiez vous pas aussitôt ; mais sachant que je dois
prêcher la retraite de la première communion à la paroisse
Saint-Pothin, j'ai voulu céder à votre désir tout de suite. —
« Soyez le bien venu reprit Madame de Soligny, j'étais impa-
» tiente de vous voir, car j'ai à vous confier ce qui pèse sur
» ma conscience aussi bien que sur l'avenir de mes enfants.
» J'ai violé les engagements que j'ai contractés au pied de
» l'autel, lorsque vous avez béni mon union avec Monsieur de
» Soligny, auquel j'avoue je n'étais pas digne de m'associer.
» J'ai abusé du prestige de son nom et de sa confiance pour
» satisfaire mes goûts de plaisir et de dépense; enfin, j'ai
» contribué à la faillite de mon père. Vous voyez, Monsieur,
» que je ne puis rester dans le monde, j'y serais, à l'exemple
» de Bertrade de Montfort, un sujet de scandale et de honte.
» Comme cette princesse j'ai tout sacrifié à la passion. » —
Madame, le mariage est indissoluble, reprit l'abbé. — « Je le
» sais, car vous me l'avez rappelé au pied de l'autel. — Néan-
» moins on peut se séparer, lorsqu'il y a accord entre le mari
» et la femme; votre mari y consent-il ? Il n'oppose pas un
» refus formel; toutefois il doute de la sincérité de mes senti-

» ments. Aussi vous ai-je fait venir pour avoir un conseil
» judicieux. » — Madame ce que vous me demandez,
exige autant de discernement que de délicatesse ; je ne puis
assumer sur moi la responsabilité de votre retraite au couvent,
sans avoir conféré avec Monsieur de Soligny, c'est pourquoi
je vous demande vingt-quatre heures de réflexion. — Je me
retire en vous recommandant de prier avec la même persévérance que l'aveugle de Jéricho.

ENTRETIEN ENTRE MONSIEUR DE SOLIGNY ET LE NOTAIRE.

Troublée, anéantie, Madame de Soligny tomba dans une
sorte d'agitation fébrile qui lui ôtait l'inhérence des idées :
elle allait, venait, ouvrait un livre de prières, et n'y lisait
rien. Enfin, lorsque l'abattement eut anéanti tous ses organes, elle resta dans une inertie complète et s'endormit.
Quant à Monsieur de Soligny, pendant que sa femme s'entretenait avec l'abbé, il s'était rendu chez Monsieur Portalis pour
parler encore de la faillite de son beau-père, et pour le prévenir de ce que sa femme avait résolu de faire. — Pourquoi,
dit le notaire, hésitez-vous à la laisser suivre son impulsion
si, comme elle l'exprime, elle est repentante de sa vie passée ?
Si vous l'emmenez de force, vous ne tirerez rien d'elle ; il
faut, en admettant que sa détermination ne soit pas raison-
née, qu'elle fasse en quelque sorte, une seconde éducation,
et qu'elle reste sous le coup qui frappe même les cœurs les

plus endurcis. C'est le moment favorable de subir l'épreuve ; respectez son désir, car Dieu a fait du repentir la vertu des mortels. Toutefois, opposez-vous formellement à ce que Madame de Soligny fasse des vœux. Les dames religieuses auprès des quelles elle doit vivre, éprouveront ses sentiments ; et avec le temps, on verra quel parti il faut prendre à son égard. « Vous avez raison, répondit Monsieur de Soligny, et je suis satisfait de vous avoir consulté. » — Je vous quitte, parce que j'ai hâte de terminer mes affaires à Lyon, afin de retourner près de ceux qui sont si affligés de mon absence.

LA DÉCISION.

Comme Monsieur de Soligny rentrait, l'abbé Huet se trouva avec lui au seuil de la porte, « Monsieur, dit celui-ci, » c'est à vous que je désire m'adresser ; veuillez me suivre, » répondit Monsieur de Soligny. » Quelques minutes après, ils étaient réunis dans la pièce qui servait de réception. L'abbé commença de parler et dit : « Je n'ai pas voulu, Monsieur, » donner un conseil à Madame de Soligny, sans avoir votre » consentement de mon côté je me suis confié à un homme » de loi qui a un sens droit et des sentiments élevés. Il m'en- » gage à respecter le désir de ma femme. Reste à vous en qua- » lité de ministre du Seigneur à soutenir la dernière épreuve.

» J'ai réfléchi, ajouta l'abbé aux années que vous avez » vécu avec Mademoiselle Duverney ; j'ai cru remarquer que

» les torts qu'on est en droit de lui imputer, résultent plutôt
» d'une mauvaise direction dans son éducation première, que
» de la perversité de son cœur. — C'est pourquoi, je pense
» qu'il est nécessaire que Madame de Soligny apprenne l'es-
» prit de conduite que doit avoir une femme, surtout, lorsque
» par le rang qu'elle occupe, elle commande l'exemple.
» Eprouvée par le malheur, elle s'exalte, parce qu'elle ignore
» que le malheur est le roi d'ici-bas, et qu'il atteint tôt ou tard
» tout cœur de son sceptre. Il est supposable, qu'il n'a jamais été
» révélé à Madame de Soligny, que la foi est un principe de force
» et un élément de bonheur; tous les faux fuyants qu'elle a pris
» pour satisfaire ses goûts de vanité, avec la prétention d'oc-
» cuper le rang que lui assignaient, et votre nom et votre
» position, doivent être attribués au vague d'une imagination
» frivole, et au manque de fonds (que le plus souvent on
» néglige de donner aux femmes, lorsqu'on s'occupe de leur
» éducation).

» Aussi, Monsieur, en acquiesçant au désir de votre femme
» vous agirez en homme prudent, et vous lui permettrez
» d'expier par le sacrifice, ce que sa conscience lui repro-
» che. »

Je vais me ranger de votre avis, ajouta Monsieur de Soligny ; car vous êtes d'accord avec Monsieur Portalis. — Satisfait de cette réponse, Monsieur Huet quitta son interlocuteur
et vint trouver Madame de Soligny qui était dans la plus vive
anxiété. Lorsque Monsieur Huet fut introduit près d'elle, il la
trouva d'une pâleur effrayante. — « Je croyais, dit-elle, ne
» plus vous revoir ! puisque, je vous en avais donné la certi-
» tude, Madame, vous n'aviez qu'à m'attendre patiemment. »
— Comment être calme, quand on a un poids sur la conscience ! « Tranquillisez-vous, je vous apporte le consentement

» de Monsieur de Soligny. — Or, entrez à l'abbaye de la
» miséricorde, mais sans faire des vœux. — Sachez que vous
» y trouverez un tout autre genre de vie : Obéissance tra-
» vail, prière, règle sévère ; voilà ce qui vous attend. — Je me
» soumettrait à tout reprit Madame de Soligny. — Veuillez,
» je vous prie, prévenir Madame la supérieure que demain,
» je frapperai à six heures du soir à la porte de l'abbaye. »

L'ENTRÉE AU COUVENT.

Madame de Soligny employa les vingt-quatre heures qui
suivirent cette visite à mettre de côté tous les bijoux et diamants qu'elle voulait vendre, ainsi que les objets auxquels
elle avait attaché tant de prix. En même temps son mari
écrivait à son père ce qui venait d'être décidé et lui annonçait
son prochain retour au Ravin. Le temps marche, et bientôt
sonna l'heure désignée par Madame de Soligny pour quitter
la maison paternelle. — Elle vint donc trouver son mari et
lui dit : je ne voulais pas partir sans vous faire mes adieux,
ni abandonner ces lieux ; où, à cause de moi vous avez bu
un calice d'amertume sans vous en exprimer mes regrets,
et sans implorer votre pardon. Ces paroles prononcées avec
l'accent de la supplication, impressionnèrent Monsieur de
Soligny qui tendit la main à sa femme en prononçant ces
paroles du texte sacré. « Je sais que la miséricorde de Dieu
est infiniment plus grande que notre misère ! »
Ce furent les derniers mots échangés entre ces deux époux ;

et, en cherchant à contenir les sanglots qui oppressaient son cœur, Madame de Soligny monta dans la voiture qui l'attendait. Une heure après, elle était sous les verrous de l'abbaye de la miséricorde. Reçue par Madame la supérieure elle revêtit l'habit de sœur, et fut conduite à la cellule qui lui était préparé

RETOUR DE MONSIEUR DE SOLIGNY AU RAVIN.

Il était temps que ces luttes cessassent ; quelle que soit la force morale dont on est doué, il arrive un moment, où le corps s'affaisse pour laisser au cœur, un libre cours à sa douleur. C'est ce qui arriva pour Monsieur Henri de Soligny après le départ de sa femme. Seul dans la maison de feu le banquier Duverney, il lui tardait d'en sortir. Aussi, accéléra-t-il ses affaires et les quelques visites qu'ils désirait rendre aux personnes dont la sympathie l'avait touché. Ensuite, il prévint par une lettre très convenable Madame de Soligny qu'il quittait Lyon, pour rejoindre la famille qui lui était si chère. Or le 1er juin, après six semaines écoulées en butte aux humiliations et à des épreuves de tout genre, Monsieur de Soligny se dirigeait sur Montbard. Il préféra ne pas s'arrêter à Mâcon, dans la crainte de se laisser émouvoir par les souvenirs qu'il avait conservés dans cette ville. — Cependant, il ne put arriver directement chez lui, c'est-à-dire, sans passer la nuit à Châlons-sur-Saône ; et ce n'est que le lendemain à trois heures du soir, qu'il revit les tours du château de ses aïeux.

Famille de Soligny.   4

JOIE AU RAVIN.

Dès que le berger de la ferme voisine aperçut Monsieur Henri, il laissa ses moutons à la garde de ses fidèles compagnons, et courut avertir les domestiques, afin que, Monsieur de Soligny, prévenu de l'arrivée de son fils, n'éprouvât pas d'émotion au-dessus de ses forces.

A ce mouvement inaccoutumé, les enfants sautèrent de joie et dirent : « C'est papa qui vient ! grand-père, voulez-vous » venir avec nous au-devant de lui ? je ne le puis, répondit » le vieillard, priez votre tante de vous accompagner. » — Madame Champlain que cette agitation avait troublée, descendit ; et prenant ses neveux par la main, elle se dirigeait du côté de l'avenue, quand son frère ouvrit la porte du perron.

« Que je suis heureux de vous revoir ! s'écria Monsieur Henri, me voilà donc revenu auprès de ceux qui me sont chers, et en même temps sous le toit qui doit protéger mes affections et mes intérêts ! » Mon père, dit-il, en serrant la main du vieillard, je ne me fais pas illusion : « je sais » qu'entre la fortune et moi, il y a divorce ; que les jouissan- » ces de la vie me seront désormais ravies ; qu'enfin, il ne me » reste plus qu'une noble tâche celle d'élever mes enfants et » de leur donner une éducation qui soit en rapport avec leur » condition et avec les exigences de notre époque. »

« Tu raisonnes sagement, reprit Madame Champlain je ne » voulais pas quitter le Ravin avant ton retour ; tu com- » prends que je n'eusse pas laissé mon père seul, et que je

» désirais connaître la situation de tes affaires. — Allons
» Henri, n'anticipe point sur l'avenir ; sache, que la
» Providence a des desseins impénétrables ; ne lui insulte
» pas, par de vaines craintes. D'ailleurs, je te suis toute
» dévouée. Bien que d'ici quelques jours je doive retourner
» à Paris, tu peux compter sur moi ; tu comprends qu'Abel
» m'attend avec impatience, quoiqu'il se trouve bien à son
» institution. »

VISITE DE MONSIEUR DE SALIGNAC.

Dès que le respectable pasteur de Montbard apprit le retour
de Monsieur Henri, il éprouva le désir si naturel aux âmes
sensibles, celui de s'associer à ses chagrins. Le lendemain de
son arrivée au château, Monsieur de Salignac s'y présenta à
5 heures de l'après-midi. Le temps était charmant ; les prairies animées par le labeur des hommes des champs, respi-
raient la joie et la vie ; de sorte que le bon curé ajoutait
au sentiment qui dirigeait ses pas, la satisfaction de jouir des
beautés de la nature qui déployait tout son luxe.

Introduit au salon, Monsieur de Salignac n'y trouva que
Madame Champlain. Monsieur de Soligny avait emmené son
fils dans le parc, afin de constater les améliorations qu'on
pouvait apporter à la propriété, « soyez le bienvenu, dit cette
» aimable femme je suis tout à vous, car je cachette la lettre
» que j'envoie à mon fils, et dans laquelle je lui annonce
» mon arrivée. — Veuillez vous asseoir et accepter notre dî-
» ner de famille, nous vous ferons reconduire au presbytère

» à l'heure que vous désignerez. Mon père et Henri vont être
» très agréablement surpris de vous voir. — Je ne puis, ré-
» pondit Monsieur de Salignac, résister à votre gracieuse in-
» vitation, j'accède à votre désir. »

Après avoir parlé de la santé de son père et de celle de
son frère qu'elle avait trouvé vieilli, Madame Champlain
aborda les questions pénibles et un terrain brûlant. C'étaient
les épreuves que son frère avait eu à supporter depuis son
mariage, ses pertes, sa situation comme époux et père, enfin
l'avenir de ses trois petits enfants qui n'avaient jamais goûté
les effusions de la tendresse maternelle. — La grande affaire
ajouta Madame Champlain c'est l'éducation de mes neveux
jusqu'ici négligée ; il est temps qu'ils travaillent ; René est en
retard, — que conseillez-vous Monsieur ? Pour répondre judi-
cieusement, il faudrait connaître les intentions de Monsieur
Henri ainsi que les sacrifices que sa fortune lui permet de
tenter. — A peine achevait-il sa phrase que le père et le fils
rentrèrent de la promenade. Ils s'empressèrent de venir
offrir à Monsieur de Salignac l'hommage de leur respect et de
leur attachement. — Ensuite la conversation eut pour objet
les péripéties du voyage de Lyon.

LE DINER ET LA SOIRÉE.

Une heure avant le dîner, Madame Champlain quitta le salon pour aller retrouver ses filles qui travaillaient dans sa
chambre, et pour les prévenir que dans quelques jours, elles
quitteraient leur grand-père qui les affectionnait si tendre-

ment. Au salon ces messieurs avaient repris le sujet de la conversation interrompue. Monsieur Henri déclara donc, que ses
enfants étaient trop jeunes pour être placés dans des maisons
d'éducation ; qu'il les gardait près de lui ; que plus tard, René
entrerait au collége Stanislas ; qu'enfin, il ne pouvait en ce
moment, payer pour ses trois enfants les sommes que récla-
ment des établissements de premier ordre. Pourquoi reprit
Monsieur de Salignac ne prendriez-vous pas une institutrice
capable de diriger l'éducation de vos enfants? « Vous ne se-
» rez jamais assez indépendant, pour leur donner tout le
» temps et la sollicitude qu'exigent et leur âge et leur ave-
» nir. C'est vrai, répondit Monsieur Henri mais il y a tant
» de considérations à envisager, lorsqu'il s'agit d'introduire
» quelqu'un dans son intérieur, surtout quand il n'y a pas de
» maîtresse de maison, qu'on hésite à le faire dans la crainte
» de susciter autour de soi de nouvelles contrariétés. Pour ha-
» biter au Ravin il faudrait une personne qui eût une grande
» expérience de la vie, la connaissance du monde, et qui, à
» une instruction complète possédât une éducation solide et dis-
» tinguée. » Au même instant Madame Champlain entra au salon suivie de ses deux filles qui saluèrent Monsieur le curé. Ensuite on avertit de passer à la salle à manger, où chacun prit
la place que la bienséance assigne.

Le repas fut assez animé. Monsieur de Salignac parla des
nouveaux propriétaires qui étaient devenus ses paroissiens, et
de l'espoir d'avoir un vicaire pour seconder son zèle, car le
canton de Montbard dont la population augmentait chaque
jour, était trop chargé d'affaires pour un seul prêtre. Après
le dîner, la famille fit une promenade dans le jardin et se
réunit ensuite au salon. Monsieur de Soligny qui aimait les
jeux sérieux, proposa à Monsieur le curé de faire une partie

d'échecs ; celui-ci accepta, et lorsqu'ils eurent pris chacun
leur revanche, ils se séparèrent. Il était dix heures et demie.
Monsieur de Salignac trouva au perron une voiture prête pour
le ramener au presbytère. Mais avant d'y prendre place, il
se tourna vers Madame Champlain et lui dit avec grâce : « Ma-
» dame, je ne vous reverrai pas avant votre départ, recevez
» mes adieux, et l'assurance que demain, j'offrirai le Saint-
» Sacrifice de la Messe en votre intention, afin d'attirer sur
» votre famille, les bénédictions que se réserve le dispensa-
» teurs de tous les dons. — Au revoir, Madame. et vous,
» Messieurs qui restez au Ravin, à bientôt. »

DÉPART DE MADAME CHAMPLAIN,

Les jours suivants furent consacrés aux préparatifs du départ de la fille de Monsieur de Soligny, qui appréhendait
l'heure, déchirante de la séparation. La veille, il fut convenu,
que Monsieur Henri conduira sa sœur à la gare de Montbard.
Le jour arrivé, Madame Champlain vint de bonne heure trouver son père auquel elle renouvela avec un langage d'amour
et de reconnaissance, ses sentiments de piété filiale. Touché,
le vieillard pressa sa fille sur son cœur, et dit d'une voix émue :
« Puisse le père des orphelins t'accorder sa protection, et la
» persévérance qui surmonte tous les obstacles de la vie ! »
A ces paroles, succéda un silence imposant, mais qui fut troublé par l'apparition de Monsieur Henri. Il amenait ses nièces
à leur grand-père, Madame Champlain profita de cette diversion pour s'échapper et venir surveiller les emballages. « Sui-

» véz l'exemple de votre mère, prononça Monsieur de Soli-
» gny, en serrant ses petites filles entre ses bras ; sachez qu'elle
» se sacrifie pour votre bonheur futur. » Un coup de cloche
avertit de descendre, et il fallut se séparer de Monsieur de
Soligny. — La voiture était près du perron, attendant les
voyageurs. — Thérèse, dit Monsieur Henri à sa sœur, quand
j'aurai placé mes nièces je m'assiérai près de toi. Vingt minutes suffirent pour arriver à l'heure du train dont le sifflet
annonçait la proximité. — Tous descendirent promptement
de voiture ; et, tandis que Monsieur Henri se pressait en s'oc-
cupant du factage et des colis, Madame Champlain prenait
ses billets. Aussitôt après, le cri de : en voiture ! s'étant fait
entendre, il fallut se séparer. — C'était navrant de voir cette
femme dont le cœur faisait la vie, se faire violence pour épargner à son frère une scène déchirante ; adieu, adieu, dit-elle,
et montant dans le wagon avec ses filles, elle aperçut son
frère, spectateur muet, qui regardait la vapeur entraîner par
son ébullition les objets de son affection. — Durant le voyage,
Madame Champlain demeura silencieuse et triste. — Cependant, pour faire diversion à la monotonie, elle entretint avec
ses filles une conversation aussi instructive qu'intéressante. —
Le soir ces dames s'arrêtèrent à Melun pour y passer la nuit
et ce ne fut que le lendemain à 3 heures qu'elles arrivèrent
à Paris.

Madame Champlain ne comptait pas trouver son fils à sa
rencontre, puisqu'il était interne ; elle croyait être seule pour
s'occuper de toutes les exigences d'une descente à la gare ;
aussi quelle ne fut pas sa surprise, quand elle vit venir à elle,
le portier de la maison qu'elle occupait, et se mettre à sa disposition. — Volontiers, répondit Madame Champlain, veuillez me chercher une voiture qui me conduise rue Saint-Sul-

pice n° 99. Grâce à l'obligeance de ce brave homme, elle était
à 4 heures avec son cher Abel. La joie de la mère et de l'enfant fut grande et pour le moment sans mélange ; car un
bulletin excellent vint ajouter à leur satisfaction réciproque.
— Lorsqu'à 4 heures et demie la cloche se fit entendre pour
rappeler les écoliers à l'étude, Madame Champlain regagna
sa demeure, et bien qu'elle fût fatiguée, elle ne voulut pas
cependant, prendre de repos avant d'avoir écrit au Ravin.

LA VIE DE FAMILLE AU CHATEAU.

Après le départ de sa sœur, Monsieur Henri s'était proposé d'imiter Alfred le Grand ; c'est-à-dire , de diviser les
heures de la journée, de façon que chacun des devoirs auxquels il s'était engagé s'accomplit avec une exactitude parfaite,
Au reste, les leçons qu'il donnait à ses enfants absorbaient
presque tous ses instants , et le temps de la récréation ; il le
consacrait à surveiller les hommes de peine qu'il employait
à la journée. Pour Monsieur de Soligny qui avait conservé
toute la vigueur de ses facultés, il passait de longues heures
dans son cabinet, et se complaisait à la lecture d'auteurs qui,
selon l'expression de Madame de Sévigné à l'égard de Montaigue, étaient pour lui des amis toujours nouveaux !

C'est pourquoi, le temps , qui fuit et échappe aux heureux
mortels, s'écoulait néanmoins rapidement au Ravin, au milieu d'une vie laborieuse qu'adoucissait pourtant le devoir si

consolant de la piété filiale. Toutefois Monsieur Henri faisait de temps à autre quelques visites à ses voisins, et recevait de leur part, les témoignages de bienveillance et d'intérêt qu'il méritait.

NOUVELLES DE MADAME DE SOLIGNY,

SON ÉTAT,

Depuis son entrée à l'abbaye, Madame de Soligny n'avait point écrit, elle était en proie à un trouble, à une agitation qui la privaient de sa présence d'esprit. « Je suis sous le » joug de l'autorité, disait-elle ; je n'ai plus de liberté ; je ne » vois que des visages sévères ; j'obéis, mais aveuglément ; » on me fait prier, et je sais que je ne prie pas ; on me » donne du travail et il reste inachevé dans mes mains dé- » biles. — Je voudrais quitter ce lieu qui sera mon tombeau, » et je sens que je dois y rester. » Telles étaient les pénibles réflexions qui torturaient Madame de Soligny dont le dépé- rissement était sensible. La nuit, elle ne dormait pas, et comme, elle troublait le sommeil des sœurs, il fallut l'isoler.

Des mois se passèrent dans cet état sur lequel Madame la supérieure conçut de vives inquiétudes. Cette femme, qui unissait à un rare discernement une grande connaissance des hommes et des choses, fit appeler un médecin. C'était un vieux praticien. Après avoir examiné attentivement la ma-

lade, il désira connaître ses antécédents et lorsque Madame
la supérieure les lui eut donnés il expliqua avec beaucoup
de tact, la cause des accidents de Madame de Soligny et ne
cacha pas ses craintes pour l'avenir; il démontra surtout avec
lucidité, qu'elle avait pris une résolution au-dessus de ses
forces, et qu'il existait au fond de son âme, une lutte morale
dans laquelle le passé et l'avenir se combattaient, de manière,
que la défaite faisait succéder à l'agitation fébrile une inertie
complète.

Quant à présent, ajouta le docteur ce ne sont pas les ressources de l'art qui peuvent apporter quelque soulagement à
Madame de Soligny ; « il faut un remède à la plaie qui la
» consume ; le remède est en votre pouvoir Madame la su-
» périeure ; ajouta le docteur , c'est un secours moral qui
» émane de la grâce sanctifiante dont Dieu vous a gratifiée.
» A vous seule appartient la puissance d'être tout à la fois,
» le médecin et l'ange de paix, de cette pauvre malade. » —
Je vous remercie, reprit la religieuse , je vais mettre à
profit les sages conseils que vous dicte votre expérience. —
« Ayez cependant la bonté de revenir voir Madame de Soligny. » Le docteur le promit, et prit congé de ces dames. Dès
ce jour, Madame la supérieure désigna une sœur pour s'occuper spécialement de la malade qu'elle ne quittait pas d'un
instant. Cette garde-malade avait reçu l'ordre d'enseigner à
Madame de Soligny les vérités de la religion, et de lui rappeler
les actes de sa vie que cette même religion avait sanctionnés.
— Ainsi, la lecture, la conversation, la promenade, la prière
tout fut mis en jeu , pour que la malade ne s'abandonnât
pas aux réflexions qui troublaient son âme. Lorsqu'on recevait à l'abbaye des nouvelles du Ravin, Madame la supérieure
les communiquait à Madame de Soligny qui les accueillait avec
insouciance.

CHOIX D'UNE INSTITUTRICE.

Madame Champlain dont la vie était le modèle du devoir accompli, pensait souvent à son frère, et recherchait les moyens d'alléger la lourde tâche que la Providence lui avait imposée. Depuis son retour à Paris elle s'était occupée de trouver une personne qui pût mériter la confiance de sa famille. Un certain nombre de dames s'étaient présentées ; et, jusqu'ici, aucune d'elles n'avait présenté les conditions auxquelles Monsieur de Soligny attachait tant d'importance. Ce ne fut donc qu'à la fin de l'automne, que Madame Champlain mit la main sur une personne qui lui sembla être recommandable à tous égards. — Le choix fut fixé sur Mademoiselle de Tourzelles, qui professait depuis l'âge de dix-sept ans. — Elle désirait se placer dans une maison particulière qui lui rappelât la famille où elle avait commencé les pénibles travaux de l'enseignement, après avoir renoncé aux espérances de la vie, et aux jouissances dans le but de sauvegarder, si non, quelques débris de fortune du moins, l'honneur de ceux qui n'existaient plus.

L'extérieur de Mademoiselle de Tourzelles était simple, et avait le cachet d'une femme comme il faut. La beauté n'avait jamais été son partage, mais, dans sa physionomie se révélait une expression de franchise et de sincérité qui prévenait en sa faveur. Douée de nobles sentiments et de beaucoup d'intelligence, Mademoiselle de Tourzelles avait su, avec l'aide de a faculté souveraine, donner à ses facultés le développement qu'il est nécessaire d'acquérir, lorsqu'on est appelée à élever la jeunesse.

Animée par une piété éclairée, elle faisait du christianisme, une religion d'amour et de dévouement. Le devoir, cette note grave du cœur humain, était sa loi, la croix, son bouclier. — Après plusieurs entretiens, Madame Champlain écrivit à son frère ce qu'elle avait pour ainsi dire décidé avec Mademoiselle de Tourzelles, et lorsque la sœur de Monsieur de Soligny eut reçu une réponse, elle s'entendit avec l'institutrice de ses neveux, qui la pria d'annoncer son arrivée au Ravin pour le 2 janvier 1849.

ARRIVÉE AU CHATEAU DE MADEMOISELLE DE TOURZELLES.

Ce jour-là il tombait de la neige abondamment. Lorsque la voyageuse descendit de wagon à Montbard, elle vit venir à sa rencontre un Monsieur qui la salua avec grâce et gravité; c'était Monsieur Henri de Soligny qui, accompagné d'un domestique, avait cru convenable de prévenir la personne à l'expérience de laquelle, il confiait l'éducation de ses enfan'. Introduite au salon, Mademoiselle de Tourzelles fut présentée à Monsieur de Soligny qui l'accueillit avec une politesse et une bienveillance parfaites. — Après avoir échangé quelques mots sur la longueur et la fatigue du voyage, Monsieur Henri alla chercher ses enfants qu'il amena dire bonjour à leur institutrice. « C'est cette dame, dit-il qui gravera dans votre esprit » et votre cœur ce que mon père m'a inculqué ; aussi mes

» enfants, lui devrez-vous l'obéissance et le respect ; toi René
» qui est l'aîné, fais en sorte de donner l'exemple à ta sœur
» et à ton petit-frère. — Oui papa, répondit l'enfant en s'as-
» seyant sur ses genoux, quant à Mathilde et Gabriel, ils
» étaient entre les bras de leur grand-père. »

L'ÉDUCATION DES ENFANTS DU CHATEAUX.

Mademoiselle de Tourzelles avait compris, dès son début dans
la carrière de l'enseignement, que l'éducation et l'instruction
doivent marcher d'un pas parallèle, et que l'une et l'autre,
sont les deux moyens mis à notre disposition, afin de dévelop-
per cette intelligence et ces sentiments dont Dieu a déposé
le germe dans notre esprit et notre cœur.

Avec de tels principes fortifiés par la loi du travail, enno-
blis par la loi du devoir, il est presqu'impossible, qu'un professeur ne recueille pas, si non du succès, du moins de satis-
faisants résultats.

Dès les premiers jours de son installation, Mademoiselle de
Tourzelles régla les heures du travail et celles de la récréation. Le mode d'enseignement de ce professeur était celui
d'un maître qui sait, par des définitions claires et précises,
resserrées par l'enchaînement de tout ce qu'il faut apprendre
rendre ses leçons intéressantes, même attrayantes. C'est ce qui
arriva pour les enfants du château des Soligny. René prit goût
à l'étude et fit de rapides progrès ; à son exemple, sa sœur
et le petit Gabriel ne demandèrent pas mieux que d'écouter
leur institutrice qui, sans les gâter, les entourait de sollicitude et de tendresse.

Une vie ainsi réglée contribua à entretenir la santé des enfants du Ravin ; et le soir, Monsieur Henri était heureux de les voir autour d'une table, s'amuser gentiment dans le salon jusqu'à l'heure du sommeil.

À huit heures une bonne venait chercher la petite famille qu'elle emmenait dans sa chambre, Mademoiselle de Tourzelles s'y rendait afin de faire en commun la prière du soir. Puis, rentrant au salon elle passait le reste de la soirée avec ces Messieurs ; et, tout en travaillant, elle s'initiait à leur conversation, d'où était bannie la banalité. — Vers onze heures, on se séparait pour se retirer chacun de son côté ; mais, Mademoiselle de Tourzelles ne le faisait jamais sans s'assurer comme Marguerite de Provence, si les enfants dormaient profondément, Monsieur Henri qui se reposait entièrement sur la femme qu'il croyait digne de sa confiance, s'occupait beaucoup de sa terre ; il y apportait des améliorations, s'intéressait aux personnes qu'il occupait, et au bien-être duquel il contribuait. — Tout cela absorbait les heures de la journée ; pourtant, désirant cultiver les études brillantes qu'il avait faites, il ne passait pas une journée, sans se renfermer dans son cabinet et passer quelques heures, soit avec les Condé et les Catinat ; soit avec Thomas-Morus et Montesquieu. Ainsi se succédaient les occupations de la famille ; ainsi s'écoulaient les mois et les jours sous le toit patriarchal du Ravin. — Toutefois il y manquait quelque chose ; c'était la première condition du bonheur ; une épouse, une mère, une châtelaine. Or, peu de gaîté, pas d'entrain ; à la place, la régularité et la monotonie, car le moment où l'azur du ciel devait éclaircir ce tableau assombri par de tristes souvenirs, n'était pas encore prévu.

ÉTAT DE MADAME DE SOLIGNY.

Les nouvelles qu'on recevait de Madame de Soligny, étaient mauvaises, bien que les soins prescrits par le docteur lui fussent prodigués avec une sollicitude attachante. Mais le cœur de la pauvre malade se pliait et se repliait en cent manières pour employer des forces qu'elle sentait lui être inutiles. Aigrie par le malheur plutôt que passionnée pour ce qu'elle avait aimé, il eût fallu à cette âme malade, un de ces élans que donnent la foi et l'espérance, enfin, une puissance surnaturelle qui changeât en elle le vieil homme. Malheureusement, Madame de Soligny n'avait point encore senti le besoin de se régénérer aux eaux du torrent, ni de retremper son âme à la fontaine de vie. — C'est pourquoi, accablé du fardeau de la corruption, il lui était impossible de rien faire qui fût juste et méritant. — Madame la supérieure commençait donc à se désespérer de sa pénitente même elle craignait de ne pouvoir la garder longtemps, parce que la règle de l'abbaye s'opposait à ce qu'on eût une femme sans vocation ou sans but déterminé. — Pleine de confiance en Dieu, Madame la supérieure espéra qu'un trait de lumière illuminerait l'esprit de Madame de Soligny. — D'abord, elle essaya des promenades en voiture, des occupations matérielles, afin de forcer la nature à sortir de son assoupissement. Rien ne réussit. — Enfin, une pensée lumineuse vint éclairer cette femme à qui l'épithète de supérieure seyait si bien. Elle eut le désir de faire appeler le prédicateur de la station du carême, et qui prêchait à la paroisse Saint-Pothin. C'était Monsieur de la Tour. Ce prêtre possédait une éducation brillante, rehaussée par une simplicité, par droiture de cœur qui rappelaient les aimables vertus du Sauveur des hommes. En embrassant le sacerdoce, il avait fait un grand sacrifice à son cœur sensible, car il aimait la famille dont il était l'apôtre.

Depuis le matin du carême, Monsieur de la Tour avait su subjuguer les esprits et les cœurs, parce que à l'exemple de Bourdaloue, il faisait découler du christianisme, les vérités les plus simples et les plus consolantes, en s'adressant aux deux conseillères Divines, c'est-à-dire, la foi et la raison.

Mandé par Madame la supérieure de l'abbaye de la miséricorde, Monsieur de la Tour s'empressa de venir la voir. — Après avoir écouté tout ce qu'il était nécessaire qu'il sût sur la vie de Madame de Soligny, il s'engagea à la visiter tous les jours de trois à cinq heures, et commença de le faire, le lundi de la troisième semaine de carême. Prévenue par Madame la supérieure, la malade accueillit aimablement l'envoyé de Dieu, et parut s'intéresser à sa conversation. Néanmoins, il lui adressa quelques questions, et c'est d'après les réponses brèves, saccadées qu'elle lui fit que Monsieur de la Tour comprit que c'était une misère morale à laquelle il fallait apporter du soulagement. — C'était difficile mais persuadé que les grandes pensées viennent du cœur, il imagina simplement de mettre sous les yeux de la pauvre malade, les tableaux de l'Évangile sous la forme d'allégories. — Après huit jours de conférence ce digne prêtre crut s'apercevoir que les ténèbres qui obscurcissaient l'esprit de sa pénitente, étaient moins profondes; et que la sensibilité reprenait un peu de son ascendant sur ses organes. — La rencontre de la Samaritaine avec le Sauveur, racontée avec l'accent d'un cœur généreux, ébranla Madame de Soligny ; la résurrection de Lazare la transporta ; mais ce qui réagit sur cette âme malheureuse, au point de produire les larmes ; ce fut l'épisode de Madeleine arrosant de ses pleurs les pieds du Sauveur, et surtout l'expression de miséricorde avec laquelle Monsieur de la Tour répéta ces mots : « Vous avez beaucoup péché, parce que vous avez beaucoup aimé ! » L'impression fut si vive que Madame de Soligny fut prise d'une fièvre violente de laquelle, le médecin constata la maladie qu'il prévoyait depuis longtemps ; c'est-à-dire une phthisie galopante. On sait que les ressources de la médecine sont impuissantes à conjurer les progrès d'une maladie qui consume les forces de celui qui en est atteint. Cependant le docteur redoubla de soins pour Madame de Soligny, dont le moral était sorti sain et sauf des crises qui s'étaient succédé depuis dix jours. Satisfait de ce changement, le médecin le fit remarquer à Madame la supérieure qui en ménagea la surprise à Monsieur de la Tour. C'est pourquoi, ce dernier qui ne croyait pas que la conversion de sa pénitente fût si proche, tressaillit de joie quand le jeudi de la Passion, Madame de Soligny dit avec assurance : « Monsieur, ne vous désolez plus ; je suis grâce à vos géné-» reuses exhortations, sortie du tombeau. A l'exemple de » Lazare, je suis ressuscitée ; mais je sais que ma victoire sur » la mort ne sera complète, que si je brise les liens qui re-» tiennent mon âme captive. » Ces paroles prononcées avec énergie touchèrent le ministre du Seigneur qui remercia Dieu, de lui avoir suggéré les moyens à employer pour guérir la misère morale près de laquelle il avait été appelé.

DÉSIR DE LA MALADE.

Le dimanche des rameaux, après avoir passé une nuit très mauvaise, Madame de Soligny se trouva dans un état de faiblesse tel, que le médecin craignit que l'oppression ne brisât cette frêle existence ; et lorsque Monsieur de la Tour vit sa pénitente, il fut frappé du changement qui s'était opéré en elle. « Consolez-vous, dit la malade, vous m'avez fait recou-
» vrer la lumière, comme Jésus-Christ à l'aveugle-né, aussi
» mon père, dois-je à mon tour, vous prévenir de ce qui me
» jette dans le trouble. Ce dont je suis effrayée, c'est la
» crainte de la mort ; c'est la pensée de l'éternité qui ap-
» proche ! Quitter la vie sans avoir obtenu le pardon de mon
» mari, c'est ce qui me met au désespoir !
» Veuillez lui écrire, que j'ai très peu de temps à passer
» sur la terre et que je ne veux pas paraître devant Dieu
» sans avoir réparé mes torts à son égard. Veuillez le préve-
» nir et souffrez que je fasse une confession humble et entière
» de mes fautes. » — Volontiers, Madame ; mais avant de vous entendre, je vais exprimer à Monsieur de Soligny le désir que vous avez de causer avec lui

RÉCEPTION DE LA LETTRE AU RAVIN.

En quelques mots, Monsieur de la Tour avertit Monsieur de Soligny du danger dont sa femme était menacée, et lui fit connaître en termes bienveillants, les dispositions de son esprit et de son cœur, en l'assurant de son respectueux dévouement. Cette lettre fut reçue au Ravin le mardi-saint dans le courant de la journée. — Précisément, Monsieur Henri était à une ferme où on l'avait prié de venir, de sorte qu'il ne vit cette lettre, qu'à l'heure du dîner. Déjà ébranlé par ses premières épreuves, Monsieur Henri de Soligny était très impressionnable. C'est pourquoi, ayant éprouvé une vive sensation, il s'abstint d'aller à la salle à manger, et préféra se priver des siens, pour se préparer aux nouvelles émotions qui l'attendaient.

Après le dîner, Monsieur Henri vint trouver son père, et le prévint qu'il partait le lendemain pour Lyon; car, lui écrivait-on ; « votre femme est dans un danger éminent. » Il avertit aussi Mademoiselle de Tourzelles de son absence, et recommanda à ses enfants de se montrer encore plus dociles qu'à l'ordinaire, afin de satisfaire leur grand-père. Le lendemain, à sept heures, Monsieur Henri se séparait de sa famille, pour prendre à Montbard, le train qui s'arrête à Lyon.

PROGRÈS DE LA MALADIE.

Entre la réception de la lettre au Ravin et l'arrivée de Monsieur de Soligny, il s'était écoulé trois jours, et l'on peut dire, trois jours d'angoisses, précurseurs d'une cruelle agonie. La phthisie avait atteint son dernier période ; et le médecin n'avait pas caché à Madame la supérieure, que la pauvre malade, semblable à la fleur des champs que l'aquilon a fanée avant le temps s'éteindrait sans crise. Il ne fallait donc pas la laisser seule un instant. C'est pourquoi, les gardes se succédaient auprès de la malade, sans qu'elle s'en aperçut.

Lorsque Madame de Soligny sut que son mari était prévenu de son état désespéré, elle dit à Monsieur de la Tour : « Ne me quittez pas que j'aie fait la confession générale, dont » je vous ai déjà parlé. — C'est la seule condescendance que » je vous demande, pour compléter les effets que la grâce a » opérés en moi, par la puissance de votre foi, et par l'as- » cendant de votre persévérance. — Ne tardez pas à m'écou- » ter, parce que je sens le mal qui progresse, et que ma res- » piration s'épuise. » Madame, dit le digne prêtre, dans deux heures je serai à vous on m'attend, — veuillez vous tran- quilliser. — Comptez sur moi, et sur mes prières.

ARRIVÉE DE MONSIEUR DE SOLIGNY.

Privée de son consolateur, Madame de Soligny passa les heures qui suivirent son départ, dans une grande agitation. Sans cesse, l'entendait-on répéter : « Henri m'a-t-il pardonné ?....... mes enfants ne pleureront pas leur mère, car, j'ai repoussé les joies de l'amour maternel..... » Telles étaient les angoisses de la pauvre malade qui parfois s'écriait : ô mort ! où est ton aiguillon ! C'est sous cette impression salutaire, que Monsieur de La Tour trouva sa pénitente. Aussitôt elle accomplit le devoir qu'elle désirait ardemment de faire, avant de recevoir pour la dernière fois les sacrements de l'Eglise. L'attente de cette heure solennelle se passa dans le recueillement car, Monsieur de La Tour avait rassuré cette âme consolée en lui disant : « Dieu veille » sur vous ; sa miséricorde vous est acquise ! dans peu d'ins- » tants, je vous donnerai la sainte communion. »

A peine achevait-il ces mots, que s'ouvrit la porte de la chambre, pour laisser entrer Madame la supérieure qui s'approcha du lit de la malade. D'abord, elle lui parla affectueusement, et la prévint que Monsieur de Soligny avait annoncé son arrivée : « qu'il vienne au plus vite ! s'écria-t-elle. Et, tandis que la garde faisait prendre à la pauvre malade, un peu de vin d'alicante, Madame la supérieure introduisait Monsieur de Soligny. — D'un regard presque éteint, elle le reconnut, lui tendit la main et dit : « Ne doutez plus, Henri,

» de la sincérité de mes sentiments ; je suis réconciliée avec
» Dieu, soyez-le avec moi ; car, dans quelques minutes, je
» n'existerai plus, veuillez me prêter votre attention. » — Ces
paroles furent interrompues par un accès de toux qui fit craindre que la malade n'expirât. Quand l'intervalle demandé par
Monsieur de La Tour fut passé, il vint apporter à sa malade,
avec une certaine pompe, le sacrement d'actions de grâces et
en même temps, le viatique. — Il commença par s'agenouiller
au pied du lit de sa pénitente convertie, afin de l'exhorter à
quitter la vie. Puis, imitateur de Bossuet assistant la duchesse
d'Orléans, Monsieur de la Tour lui adressa des paroles pleines d'espérance et d'amour. Et, laissant succéder quelques
instants de silence et de recueillement il donna à Madame
Henri de Soligny, la sainte communion. C'était pour la dernière fois!...

À cette scène imposante, se joignit une heure solennelle et
touchante : À genoux, Monsieur de Soligny priait et pleurait ;
sur sa couche de douleurs, sa femme l'œil fixe, semblait
désirer la cessation de ses maux. — Mais, quel ne fut pas
l'étonnement des assistants lorsque spontanément une voix
fit entendre, entendre ces mots : « Il me manque encore
» une grâce ; j'attends le sacrement des mourants et en
» même temps des vivants ; car, j'aperçois déjà les ombres
» terribles de la mort !...... » Monsieur de la Tour s'empressa d'accéder au désir de Madame de Soligny, et lui admi-
nistra l'Extrême-Onction, tandis que les assistants s'unissaient
aux intentions de l'église, et récitaient les prières consacrées.
— « Tout est fini ! prononça avec peine l'agonisante. — Merci
» mon père, merci Henri ; à mes enfants, une mère... Puis
» faisant un dernier effort, la mourante fit entendre ces mots :
» Seigneur, vous êtes mort pour nous ! appliquez-moi les

: mérités de votre sacrifice, et couronnez mes larmes par des
» joies éternelles. »

Alors Monsieur de la Tour, les yeux levés vers le ciel
s'écria : « Mon Dieu ! faites éclater votre infinie miséricorde
» sur deux êtres qui, après avoir été séparés ici-bas, se sont
» réconciliés à l'heure suprême pour demeurer unis durant
» l'éternité. — Un quart-d'heure après Madame de Soligny
avait rendu son âme à Dieu. — Elle avait trente trois ans.

L'INHUMATION A L'ABBAYE.

Tous ceux qui entouraient la mourante se retirèrent quand
il s'agit de préparer la couche funéraire de celle qui n'était
plus. Monsieur de Soligny s'entendit avec Madame la supérieure pour que la cérémonie se fît à la chapelle du cloître,
et que sa femme fût déposée dans le cimetière de la communauté. Quant à des invitations, il n'y avait qu'à garder
l'abstention, puisque Madame de Soligny n'avait plus de relations. D'ailleurs, il était plus prudent de lui rendre les
derniers devoirs sans en informer qui que ce fût.

Lorsque l'aumônier et Madame la supérieure eurent décidé
que l'inhumation aurait lieu le surlendemain à huit heures,
Monsieur de Soligny envoya une dépêche à Rouen, espérant
qu'elle parviendrait à Messieurs Duverney. Ensuite il écrivit
au Ravin la scène touchante dont il venait d'être témoin.

Le 10 avril, veille de Pâques la chapelle de l'abbaye fut

dès le matin, tendue de noir et disposée pour une cérémonie funèbre. A huit heures un quart, le corps de la défunte y fut porté, Monsieur de la Tour officia, et l'aumônier conduisit le deuil. Près de lui, était Monsieur de Soligny, que suivaient les sœurs de la communauté. De la chapelle au cimetière, il n'y a qu'un parc à traverser ; de sorte que le parcours fut bientôt fait. Arrivé au lieu que les cyprès et les sycomores ornent de leur ombrage touffu, Madame de Soli- fut descendue dans la fosse qu'on lui avait préparée. Ensuite Monsieur de la Tour s'approchant, récita la dernière prière de l'office des morts. Après l'oraison, le cortège revint silencieusement au cloître ; il était dix heures. Bientôt la cloche se fit entendre, et chacune des sœurs reprit ses occupations habituelles ; tandis que, Madame la supérieure donnait des ordres pour que l'on plaçât une croix à l'endroit où reposait la pénitente convertie à l'abbaye.

Pour Monsieur de Soligny, il s'était retiré après la cérémonie ; mais avant il avait prié Madame la supérieure de lui assigner une heure pour le lendemain. Rentré à son hôtel Monsieur de Soligny tomba dans une sorte d'abattement qui émut sa sensibilité.

Si la perte de sa femme ne lui causait pas d'amers regrets, son cœur déjà si éprouvé n'en ressentait pas moins un sentiment pénible qui le rendit incapable de s'occuper pendant le reste de la journée.

Pourtant vers quatre heures, Monsieur de Soligny se dirigea chez le notaire qui lui avait témoigné tant de sympathies, Monsieur Portalis, et qu'il eût le regret de ne pas rencontrer. Il essuya la même déception lorsqu'il se présenta chez le curé de Saint-Irénée dont il n'avait point oublié la bienveillance. Ensuite Monsieur de Soligny passa le reste de la soirée, à faire ses dispositions pour quitter Lyon le surlendemain, et annonça au Ravin son prochain retour.

LES VISITES DE REMERCIMENT.

Le lendemain de cette journée, Monsieur de Soligny attendit avec impatience le moment qui lui permettrait d'être admis en la présence de Madame la supérieure de l'abbaye. Lorsqu'une heure fût près de sonner, il s'y rendit. Introduit auprès de cette femme d'élite, Monsieur de Soligny commença par lui exprimer sa gratitude pour les soins spéciaux et dévoués qu'elle avait prodigués à sa femme. Puis avec l'accent d'un touchant respect il dit : « Madame, il me reste à m'acquitter envers vous et ceux qui vous entourent. » Monsieur, reprit la supérieure, vous ne devez rien à l'abbaye, parce que « Madame de Soligny avait versé en entrant, une somme de six » mille francs qui n'a pas été dépensée. Quant au docteur, les » soins qu'il a donnés à la défunte sont compris dans le trai- » tement que la maison lui alloue chaque année. Pour Mon- » sieur de la Tour, ajouta-t-elle, c'est un Charles de Borromée » qui trouve le prix de son zèle dans son apostolat. Toutefois, » reprit Monsieur de soligny, vous permettrez que je satisfasse » au sentiment qui m'anime, celui que la Bruyère considère » comme le plus bel excès ; la reconnaissance ; et souffrez que » je m'y abandonne. Veuillez donc accepter pour votre cha- » pelle un chemin de croix digne des saintes femmes qui en » suivent les enseignements... » A votre excellent docteur je me propose de lui faire une visite, et de lui envoyer un bronze dont le sujet est Hippocrate.

« Monsieur, continua Madame la supérieure, vous me couvrez de confusion, et en vous tendant la main, je ne puis qu'ajouter : » nous prierons pour Madame de Soligny, et pour la famille du Ravin.

Après avoir quitté l'abbaye, Monsieur de Soligny se rendit chez le docteur, et ne l'ayant pas trouvé il laissa sa carte puis fit porter le souvenir, dans la confidence duquel il avait mis Madame la supérieure de l'abbaye. De là, Monsieur de Soligny se dirigea vers l'archevêché où résidait Monsieur de la Tour et près de lui fut introduit immédiatement. Après les salutations réciproques, Monsieur de Soligny lui exprima en termes bien sentis toute la gratitude dont il était pénétré. — Et, mû par le souvenir de ce qui s'était passé près du chevet de sa femme mourante, il laissa échapper ces mots : « Ne refu- » sez pas un modeste souvenir de la part d'une personne à qui » vous avez rendu le calme et l'espérance. Oui, vous avez tiré » de l'abîme une âme près de franchir le seuil de l'éternité » vous........ » Au même instant un coup à la porte annonça le concierge qui apportait quatre gravures qu'on l'avait prié de remettre au prédicateur de Saint-Pothin. « Voilà, dit Mon- » sieur de Soligny le témoignage des bienfaits dont votre vie » est remplie. Ce n'est point un présent que j'ai voulu vous » offrir, c'est mon âme vivifiée par le flambeau de la foi » qui veut s'identifier à vos nobles pensées et à vos généreux » sentiments. »

« Monsieur ! s'écria le ministre de Dieu, mais Monsieur de Soligny s'était soustrait aux remerciments auxquels il s'attendait. » Ces gravures représentaient, 1° Bossuet prêchant aux carmélites pour la prise d'habit de la duchesse de la Vallière,

2° Bourdaloue en présence de Louis XIV, et lui disant : « Madame de Montespan serait mieux à 60 lieues de Versailles qu'à Clagny, » 3° Fléchir prononçant l'oraison funèbre de la duchesse de Montausier ; 4° Massillon prêchant à Versailles devant le grand roi.

Monsieur de la Tour profondément touché écrivit immédiatement à Monsieur de Soligny quelques lignes, où se décélaient une urbanité et un tact parfaits. Il finissait par ces mots : « soyez persuadé, que je n'oublierai point les Solignys ! »

RETOUR AU CHATEAU.

Le 23 avril, Monsieur de Soligny quittait encore une fois Lyon où il avait essuyé tant de tribulations. A cinq heures du soir, le train de Dijon s'arrête à Montbard, Monsieur de Soligny descendit de wagon, et fut tout de suite salué par un domestique du Ravin.

« Monsieur, dit-il, la voiture est là veuillez y monter ; je vais me charger de recevoir vos colis et de les y placer. Ce fut bientôt fait et, entraîné par la fougue d'un jeune cheval, il semblait à Monsieur de Soligny que son tilbury ne touchait pas terre. Aussi entendit on tout-à-coup un cri joyeux qui disait : voilà papa ! montons avec lui ! cette exclamation fit arrêter la voiture, et Monsieur de Soligny vit effectivement ses enfants accompagnés de Mademoiselle de Tourzelles venir à sa rencontre. Le cocher descendit, et plaça près de leur père Henri, Mathilde et Gabriel. En moins de dix minutes on fut au perron. A peine descendu de voiture Monsieur Henri prit ses enfants par la main pour qu'ils le conduisissent à leur grand-père.

L'émotion du vieillard et du fils fut vive, et Monsieur Henri crut s'en rendre maître en disant : « Je ne quitterai donc plus » le Ravin pour retourner à Lyon où depuis mon mariage avec » Mademoiselle Duverney, je n'ai cessé d'y trouver une coupe » pleine d'amertume ! » Mon ami reprit le vieillard, ne reviens plus sur des scènes douloureuses et passées. — Non mon père, mais vous permettrez que je vous parle de ce qui m'a touché à l'abbaye de la miséricorde.

Monsieur Henri commençait son récit, quand la cloche avertit de l'heure du dîner. Acceptez mon bras, dit-il au vieillard, je vais vous laisser au salon, afin d'aller trouver Mademoiselle de Tourzelles que je n'ai pas encore saluée, Monsieur Henri l'ayant aperçue qui rentrait, se dirigea vers elle, et lui exprima combien il était satisfait de ses enfants. — En même temps un coup de cloche appelait à la salle à manger, et chacun s'y rendit séparément.

Le dîner fut silencieux. Pour le comprendre, il suffit de penser ; que, s'il existe dans l'atmosphère des transitions que le corps ne supporte pas sans fatigue il en est de même des changements brusques auxquels l'esprit ne se plie qu'après avoir fait des efforts. — La soirée fut courte, triste ; à huit heures, Monsieur Henri profita du moment où ses enfants allaient dans leur chambre, pour quitter le salon, et prendre le repos dont il avait besoin.

CONTINUATION DE L'ÉDUCATION DES ENFANTS DU CHATEAU.

Le premier des soins de Monsieur Henri fut de prévenir Mademoiselle de Tourzelles qu'il allait mettre ses enfants en deuil, et de s'informer de leurs progrès. Satisfait de la conduite aussi bien que du travail de René, de Mathilde et du petit Gabriel, Monsieur Henri s'empressa de les récompenser. Ensuite il prit à part René afin de l'interroger. L'ayant trouvé assez avancé pour commencer le latin il en avertit Mademoiselle de Tourzelles afin qu'elle lui envoyât son fils tous les jours une heure et demie. C'est donc sous les auspices de son père, que René soumit son intelligence aux principes et aux règles de la langue des Virgile et des Horace.

Les leçons que Monsieur Henri donnait à son fils ne l'empêchèrent pas de reprendre ses occupations de propriétaire vigilant, ni d'entourer son père de témoignages de respect et d'amour.

SUCCÈS D'ABEL CHAMPLAIN.

Madame Champlain que nous avons laissée à l'accomplissement de sa noble tâche, recueillait chaque jour le fruit de ce qu'elle avait semé si solidement. Abel était désigné par ses professeurs entre ses condisciples pour subir l'examen de l'école polytchnique. Elisabeth grandissait et se fortifiait tout en donnant à ses facultés un développement complet. Elle atteignait sa dix-septième année, Nelly, avec ses treize ans, ne montrait pas l'application de sa sœur ; mais elle rachetait ce manque d'attention, par une perspicacité et une franchise de cœur qui la faisaient aimer de tous.

Lorsque Madame Champlain apprit le retour de son frère, elle lui adressa une longue lettre dans laquelle la sagacité et l'affection se combattaient à l'envi pour laisser parler à la fois le cœur et la raison. « Fais espérer à mon père, ajoutait-elle, que » nous irons au mois de septembre au Ravin. J'ai promis à » Abel de le conduire en Suisse, s'il passe un examen satisfai- » sant, et nous reviendrions nous reposer sous le toit pa- » triarchal des Solignys. »

Cette lettre causa une douce joie à toute la famille, et l'on aima à se bercer de l'espérance de se trouver réunis

LES PROPRIÉTAIRES DE BOURDILLY.

Entre les familles qui depuis quelques années, étaient devenues propriétaires d'immeubles dans l'arrondissement de Sémur les acquéreurs du château où naquit la marquise de Sévigné avaient inspiré la sympathie et la confiance de Monsieur de Salignac. Bourdilly appartenait alors à l'un des membres de la famille du collaborateur de Buffon Guéneau de Montbelliard, Monsieur Louis de Mussy. Non seulement, il était parent de l'honorable conseiller à l'université et ami de Monsieur Font.ves, auquel il prêta son concours pour la restauration de cette importante corporation ; mais encore, héritier du savoir et de la vertu de ses aïeux, Monsieur Louis de Mussy, propriétaire de Bourdilly, était un ancien conservateur des forêts qui, en 48, avait été révoqué. De ce côté, il avait donc avec Monsieur de Soligny un rapport de similitude; mais il avait de plus que son voisin une belle fortune. Il était veuf avec deux fils qui, à la mort de leur mère, étaient déjà élevés. L'aîné Armand, sorti de l'école polytchnique, était déjà ingénieur ordinaire à Nîmes; le cadet Gustave, qui s'était distingué dans ses études de droit aussi bien que dans ses cours d'humanités venait d'être nommé substitut du procureur général à Avignon. A ces hautes facultés, les fils de Monsieur de Mussy, joignaient des sentiments de loyauté et de désintéressement qui rappelaient Vauban et Boileau.

Monsieur de Salignac, qui appréciait le mérite de ces deux familles, fût heureux de penser que par la suite, elles pourraient resserrer leur intimité par le sentiment dont les âmes droites sont avides et qu'on appelle l'amitié.

L'EXAMEN.

Les examens avaient commencé le 28 Juillet, et, le 28 Abel fut consigné. Ce jour était désigné pour les compositions que le jeune candidat fit d'une manière satisfaisante ; le 29 eut lieu l'examen sur toutes les questions du programme. Abel eut un moment d'émotion qui nuisit aux points exigés ; mais le 30, il répara l'hésitation de la veille par des réponses pleines de précision. Ces épreuves passées, restait à savoir le sort qu'elles réservaient au fils de Madame Champlain ; et il fallait attendre deux mois pour connaître les noms des élèves admis à l'école de Monge. C'est long pour une mère éclairée et dévouée ! Aussi voulut-elle faire diversion à son anxiété et récompenser le travail soutenu de son fils, par la réalisation du voyage dont elle lui avait parlé. Elle en accéléra l'exécution, et fixa le départ de Paris au 16 août.

VOYAGE EN SUISSE.

Le lendemain de l'assomption, la sœur de Monsieur Henri de Soligny et ses enfants, prirent le chemin de fer de l'Est. Sachant que de Paris à Strasbourg, il y a 627 kilomètres, Madame Champlain préféra faire ce voyage sans fatigue, et s'arrêta à Châlons-sur-Marne, où elle passa la journée du 17. Le 18, la famille partit et arriva le soir à Nancy. Madame Champlain resta deux jours dans la capitale de la Lorraine, pour en admirer les beaux édifices. Entourée de ses enfants, elle les visita et désira surtout qu'Abel et Elisabeth lui expliquassent tous les souvenirs historiques qui se rattachent à la capitale de Stanislas exilé.

Le 20, les touristes quittèrent Nancy, et vinrent coucher à Strasbourg, non moins curieux et intéressant que cette dernière. Le lendemain Madame Champlain prévint le désir de ses enfants, en disant que la journée sera consacrée à visiter la capitale de l'Alsace réunie à la France depuis 1681. Ce qui excita l'admiration de la famille Champlain, ce fut la cathédrale, ce chef-d'œuvre de l'art gothique dont l'ancienneté est constatée, puisque cette cathédrale remonte au XIIIᵉ siècle ; et qu'on en attribue les premiers travaux aux Francs-Maçons qui du reste, mirent la main à un grand nombres d'église du moyen-âge. De la cathédrale, nos modestes touristes se rendirent à l'église Saint-Thomas, où un autre chef-d'œuvre attira leur attention et les pénétra d'un nouveau sentiment d'admiration. Nous voulons parler du tombeau du maréchal de Saxe ; l'œuvre du Phidias français au XVIIIᵉ siècle, Abel et Elisabeth furent ravis de retrouver un monument artistique digne de rappeler la mémoire du vainqueur de Fontenoy. Quant à Nelly elle était émerveillée de tout ; mais, ses facultés n'étaient pas assez développées pour profiter du charmant voyage auquel elle participait. Cependant, elle insista auprès de sa mère pour la prier de la conduire voir le pont de Kell qui mène au duché de Bade. Madame Champlain céda au désir de sa petite fille, et les grands en profitèrent.

Le 22 on arriva à Bâle que traverse le Rhin. Après le déjeûner, Madame Champlain et ses enfants consacrèrent l'après-midi à se promener dans la ville, et à découvrir les souvenirs historiques que cette ville possède : D'abord, ce fut ce que Holbein a laissé pour perpétuer la précocité de son talent en peinture, la danse Macabre qui se voit sur le cimetière de Bâle. Enfin les précieux souvenirs que les habitants conservent de l'écrivain qui dans son siècle, posséda au plus haut de-

Famille de Soligny.   6

gré, le sentiment du *vrai* et du *beau* : nous voulons parler d'Erasme qui connut le secret si rare, d'être à la fois, savant illustre, et savant aimable.

Le 25, à 5 heures du soir, nos voyageurs prirent un guide afin de perdre le moins de temps possible à visiter la partie de la Suisse qu'ils s'étaient promis de parcourir. De Bâle, ils arrivèrent à Zurich dont elle est séparée par 95 kilomètres. Cette ville, dit Madame Champlain, est une des plus anciennes de la Confédération car elle existait du temps des Romains, et elle ne fut incorporée à la République Helvétique qu'en 1354. — Mais, ajouta, cette mère éclairée, il est regrettable, que Zurich l'Athènes de la Suisse, ait été la métropole du Zwinglianisme.

Le 24, nos touristes traversèrent le canton de Lucerne dont le chef-lieu tire son nom d'un fanal jadis élevé sur son emplacement pour servir de guide aux voyageurs.

Le 25, ils se trouvèrent sur un territoire dont le sol est varié (le canton de Berne), et ne s'arrêtèrent à Berne que pour en visiter la cathédrale.

Le 26, l'intéressante famille de la rue Saint-Sulpice à Paris, résolut de faire à la partie occidentale le sacrifice de la partie orientale de l'ancienne Helvétie; de sorte qu'on prit la route du canton de Neufchâtel, et l'on y arriva pour dîner.

Le lendemain, Madame Champlain et ses enfants commencèrent par visiter le lac qui a 9 lieues de long sur deux de large. Les bateliers firent remarquer à nos touristes que ce lac reçoit plusieurs rivières à l'aide desquelles il communique avec celui de Joux, (Jura) et qu'il est très poissonneux. L'aspect de ces sites pittoresques causa un vif enthousiasme à Abel ainsi qu'à Elisabeth; et à la vue des villes qui bordent le lac ils aimaient à reconnaître d'un côté, Granson célèbre

par la honteuse défaite de Charles le Téméraire repoussé par
le patriotisme des Suisses ; d'un autre, le lac Morat où le duc
de Bourgogne avait déjà essuyé un déplorable revers. De
Neufchatel, nos prudents touristes prirent la route de Genève
où ils arrivèrent le 28 à 10 heures du matin. Ils furent surpris très agréablement. Cette ville, traversée par l'ancien lac
Léman qui a près de vingt lieues d'étendue a quelque chose
de primitif et d'enchanteur. Le Rhône qui le forme, s'y dé-
ploie majestueusement et fut admiré de la petite Nelly qui
désira en voir les côtes dont les sites sont délicieux. La journée du 29 fut employée à visiter les villes situées non loin du
lac de Genève, entre autres : Ferney qui rappelle le séjour de
Voltaire ; Lausanne à 300 mètres au-dessus du lac, qui a des
environs ravissants. Le 30, Madame Champlain se rendit à la
cathédrale de Genève, Saint-Pierre, et y entendit la messe.
Rentrée à son hôtel elle demanda le déjeûner, puis fit ses
dispositions pour prendre à quatre heures, le chemin de fer
de Lons-le-Saulnier.

La famille Champlain y passa la nuit, et le lendemain, à
huit heures, elle prit place dans le train de Dijon, puisqu'il
s'arrête à Montbard. En chemin Madame Champlain réfléchit
qu'il valait mieux se reposer à Dijon et n'arriver au Ravin
que le surlendemain. La nuit passée non loin du toit paternel,
fit du bien à nos voyageurs qui, à huit heures montèrent
dans le premier train, et en descendirent vingt minutes après.

Aussitôt Madame Champlain s'étant procuré une espèce de
véhicule y plaça ses colis, ses enfants, et s'assit près d'eux ;
et bien que le cheval fût un ancien serviteur, la fille et les
petits enfants du patriarche du Ravin arrivèrent au château
avant que le diner fut sonné : c'était le 2 octobre.

LES VACANCES EN FAMILLE.

Nous passons sous silence la joie que causa au château le retour de la famille Champlain. Quand l'amitié est sincère, elle se fortifie avec le temps, contrairement à l'amour dont il était la flamme.

En l'honneur de Madame Champlain, Monsieur Henri pria Mademoiselle de Tourzelles d'accorder à ses élèves huit jours de congé, puisque leur conduite et leurs progrès répondaient à ses soins. De son côté, Monsieur de Soligny examinait avec un vif intérêt les notes qu'Élisabeth avait prises sur son voyage en Suisse ; voyage qui, en quelque sorte, était son début dans le monde. Quand à Abel, son grand-père était enchanté de lui ; malgré un travail assidu, il avait pris de la force et acquis de bonnes manières. Pour la petite Nelly, elle égayait la famille, par son enjouement et par ses marques d'affection pour tous.

Et pour compléter le tableau, il nous reste à ajouter que Madame Champlain, satisfaite de ses neveux, était fière de justifier le choix qu'elle avait fait en Mademoiselle de Tourzelles, car elle retrouvait en ses actes tout ce qu'elle avait ambitionné pour l'éducation des enfants de son frère.

VISITE DE MADAME CHAMPLAIN A MONSIEUR DE SALIGNAC.

La première semaine fut bientôt écoulée, et Madame Champlain ne put même pas rendre visite à Monsieur de Salignac. Par convenance, ce pasteur vénéré n'avait pas voulu se présenter au château, sans qu'un dimanche lui eût procuré la satisfaction de voir à l'office paroissial toute la famille du Ravin. Ce fut le lundi qui suivit le jour du Seigneur que Madame Champlain accompagnée de ses enfants, vint au presbytère de Montbard On pressent l'urbanité avec laquelle Monsieur de Salignac accueillit cette femme modèle, et avec quel intérêt il parla des examens de l'école. « Nous avons » encore un mois d'attente et d'anxiété reprit Madame Champlain ; je préfère éloigner cette pensée de mon esprit afin de » ne pas me faire à l'idée d'une espérance trompeuse.

» Vous avez raison, Madame, répondit Monsieur de Salignac, » mais il me semble qu'on peut avec l'appui de certaines personnes connaître, si un candidat a été éliminé ou s'il est compris dans le nombre des appelés. — Si vous le permettez, » continua Monsieur de Salignac je parlerai à quelqu'un qui, » j'en suis sûr sera heureux de vous rendre ce service, Madame, et de m'être agréable. »

Volontiers, répondit Madame Champlain, je vous laisse à ce sujet, toute liberté d'action en vous réitérant l'expression d'une reconnaissance qui vous est acquise depuis longtemps.

Ensuite la mère et les enfants se levant, présentèrent à leur pasteur, les respectueux hommages de Messieurs de Soligny, et le prièrent à dîner pour le jeudi suivant. Lorsque Madame Champlain fut partie Monsieur de Salignac conçut le projet d'étendre ses visites pastorales jusqu'à Bourdilly. Il pressentait qu'en ce moment, Monsieur de Mussy avait des membres de sa famille et des amis car l'on touchait à l'automne ; époque où les châtelains aiment à offrir les jouissances de la campagne à ceux qui en sont privés.

Le mercredi 12 septembre, par un des derniers beaux jours de l'été Monsieur le curé eut recours à l'obligeance du juge de paix de Montbard qui mit à sa disposition, cabriolet et cheval et partit pour Sémur. De là, il se rendit à pied à Bourdilly, et y arriva vers deux heures. Lorsque Monsieur de Salignac fut annoncé au salon, il y trouva Monsieur de Mussy et ses deux fils qui avaient obtenu l'un et l'autre un congé d'un mois. Tous saluèrent le visiteur avec une politesse respectueuse. Après avoir prié Monsieur de Salignac de s'asseoir, Monsieur de Mussy s'approchant de lui, dit : « Je vous présente mes deux fils dont la séparation est pour moi un grand » sacrifice. » Je le comprends, reprit le pasteur et je vous félicite du bonheur dont vous jouissez maintenant, car vous êtes bien seul dans la vie habituelle. « C'est vrai reprit » Monsieur de Mussy, l'isolement est cependant bien pénible » à une personne qui a exercé ses fonctions avec zèle et vécu » dans le monde. J'ai une sœur veuve qui vient partager ma » solitude, mais elle ne peut me remplacer une épouse. » Comme vous le voyez, je suis veuf depuis six ans ; j'ai eu la » douleur de perdre Madame de Mussy à Grenoble, lorsque » j'y étais conservateur ; et, en restant dans l'administration » forestière jusqu'en 1848 c'était plutôt pour faire diversion à

» mon chagrin, que dans l'intérêt de mes enfants. L'aîné
» Armand, sorti de l'école polytechnique, est déjà ingénieur or-
» dinaire à Nîmes ; le cadet Gustave, qui fit son droit aussi
» brillamment que son cours d'humanités, est substitut du
» procureur-général à Avignon. Je vois, reprit Monsieur de
» Salignac, qu'à l'exemple des propriétaires du Ravin, vous
» avez passé par les épreuves que Dieu réserve à ceux
» qu'il aime ; mais je dirai aussi que, contrairement à Mes-
» sieurs de Soligny, vous n'avez pas eu les inquiétudes in-
» cessantes qui pèsent sur un père de famille sans fortune.
» Dieu vous a épargné les préoccupations de l'avenir, en vous
» donnant des fils qui ont répondu à votre sollicitude ; enfin, si
» votre cœur n'était pas à l'abri de la souffrance vous voyiez
» devant vous un horizon qui s'élargissait à chaque succès
» obtenu par vos enfants ; si, Monsieur, j'établis une comparai-
» son entre vos chagrins et ceux de la famille de Soligny, croyez
» que je n'ai eu pour pensée que celle de tirer une induction
» propre à m'éclairer sur ce que je dois faire en qualité de
» pasteur à l'égard de chacune d'elles. » Charmé de la sagacité
et de la délicatesse des sentiments qui distinguaient Monsieur
de Salignac, Monsieur de Mussy s'inclina profondément en
disant : « Faites-nous l'honneur de dîner au château, afin de
» jouir plus longtemps de l'intérêt qui se lie à votre conver-
» sation. Je ne le puis, reprit Monsieur de Salignac, j'ai
» affaire ce soir avec quelqu'un ; mais je n'en suis pas moins
» sensible à votre gracieuse attention. Permettez, que je me re-
» tire. — Pas tout de suite reprit Armand de Mussy, en se
» levant ; je veux à mon tour vous parler de la famille de
» Soligny, et ne vous retenir qu'à condition, que vous accepte-
» rez un biscuit trempé de vin, car il fait si chaud, que vous
» devez avoir besoin de vous réconforter. — Volontiers, ajouta

» le pasteur, je n'ai rien à vous refuser. » Peu d'instants après
ce colloque, un domestique vint offrir à Monsieur de Salignac)
ce qu'il avait bien voulu accepter.

« Monsieur, dit le jeune ingénieur, vous avez excité ma
» sympathie autant que mon intérêt, lorsque vous causiez
» avec mon père de nos voisins du Ravin. C'est à moi à con-
» tinuer la conversation, puisque je désire connaître les mem-
» bres de cette honorable famille. — Veuillez parler, Monsieur
» le curé ? » en quelques mots celui-ci exposa la situation res-
pective des enfants de Monsieur de Soligny, et l'on remarqua
qu'en parlant de Madame Champlain, il ne pouvait contenir
son émotion, ni dissimuler que c'était une femme admirable,
mère de trois enfants charmants. « L'aîné Abel, aspire à em-
» brasser votre honorable carrière, Monsieur ; le génie civil.
» Il a passé ses examens à la fin de juillet, et l'on ne sait en-
» core rien à ce sujet ; de sorte que Madame Champlain est
» dans une vive anxiété. Pour cette mère vigilante et éclairée,
» c'est une grave question. Ne pourriez-vous pas, Monsieur
» Armand nous venir en ?...... Je vous devine, vous voulez
» me prier d'essayer par mes anciennes relations avec l'école
» polytechnique de savoir quelque chose sur les notes obtenues
» par Abel Champlain à la session de juillet. — Tranquillisez-
» vous Monsieur le curé, je vais immédiatement écrire au pré-
» sident du comité, et dans peu de jours, j'aurai une réponse
» que je m'empresserai de vous communiquer, quelle qu'elle
» soit. » — Merci, excellent jeune homme, merci. -- Je voudrais rester plus longtemps avec vous ; mais l'heure m'appelle au
presbytère. Au revoir, Monsieur.

Puis Monsieur de Salignac saisit les guides de son coursier
qui, assurément, n'était pas disposé à marcher sur les traces
de Pégase.

LES VACANCES PAISIBLES DU RAVIN.

On était déjà près de la mi-septembre, le zéphir avant-coureur de l'automne, agitait les arbres et les dépouillait de leurs feuilles dentelées ; la vendange s'avançait et comblait les vœux des propriétaires de vignes ; les chasseurs arpentaient les plaines, et poursuivaient avec ardeur les volatilles délicates, qu'ils étaient heureux d'offrir aux aimables châtelains qui çà là, les accueillaient avec les grâces de l'amitié.

Partout rayonnaient la gaîté, l'entrain et l'espérance ; le Ravin seul, avait l'empreinte de la tristesse. La vie y était calme et régulière, les enfants seuls étaient joyeux et contents. Cependant, Abel et Elisabeth s'affectaient de voir leur mère triste et anxieuse ; quant à Monsieur Henri, il se livrait avec ardeur à ses occupations du dehors, et était peu au château dans la journée. Monsieur de Soligny faisait de courtes promenades, et s'occupait dans sa chambre jusqu'à ce que sa fille pût venir avec lui au salon. De son côté, Mademoiselle de Tourzelles suivait ponctuellement le règlement qu'elle s'était imposé ; si ce n'est qu'elle consacrait les loisirs qui lui restaient, à Madame Champlain qui avait toutes ses sympathies. Il n'était pas surprenant que ces deux femmes se comprissent ; il existe entre les amies vraies, une sorte d'attraction qui, à leur insu, les rapproche pour confondre leurs pensées et leurs sentiments. Le plus souvent Madame Champlain et Mademoiselle de Tourzelles, s'entretenaient des enfants de

Monsieur Henri, des dispositions naturelles de René, et de Gabriel, afin de les faire converger vers la carrière qui leur était appropriée. « Henri a raison, disait Madame Champlain, » de garder René jusqu'à Pâques ; il peut très bien le conduire » jusqu'en cinquième, et vous Mademoiselle qui avez tant de » savoir-faire, vous le fortifierez sur des points importants que » le plus souvent, on néglige dans les collèges. » C'est vrai, reprit l'institutrice « maintenant, ajouta-t-elle, je veux vous » consulter sur ce que je me propose de faire cette année ? » d'abord, préparer Mathilde à sa première communion ; elle » aura onze ans et demi au mois de mai prochain, puis dire à » Monsieur votre frère, qu'il est temps que cette petite com- » mence le piano sérieusement ; je lui ai expliqué la valeur de » ses notes, en les lui montrant et j'avoue que je ne puis » guère aller au-delà. J'aime passionnément la musique ; mais » c'est un art que je n'ai jamais cultivé. » Ainsi, vous voyez bien, Madame, que je ne suis pas une femme complète, com- parativement à toutes les institutrices de notre époque ; et que je ne suis pas à la hauteur du progrès.

« Mademoiselle, que dites-vous ? L'art et l'instruction sont » compatibles il est vrai ; mais s'il n'y a que Bossuet qui ait » eu le talent des sciences et des hautes facultés on doit s'es- » timer très heureux lorsque près de ses enfants on a une » personne qui excelle dans l'art d'enseigner et qui comprend » que la seule action de la vie de l'homme qui atteigne tou- » jours son but, c'est l'accomplissement de son devoir. — Ma- » dame, reprit l'institutrice, vous me jugez avec votre bien- » veillance habituelle. Hé bien ! permettez que je vous fasse » part du projet que j'ai formé (car je reviens à la musique) » c'est d'obtenir de Monsieur Henri, la permission que chaque » semaine, je conduise Mathilde prendre une leçon à Sémur où

» se trouve un professeur recommandable. » —Certainement, Mademoiselle, je cède à votre désir. Au même instant le domestique apportait une lettre à l'adresse de Madame Champlain.

UNE BONNE NOUVELLE.

Mue par le sentiment des convenances, Mademoiselle de Tourzelles se leva pour s'éloigner, quand un de ces cris inhérents à l'amour maternel se fit entendre : « Abel est admis ! » Restez près de moi, ajouta-t-elle. — « Que je suis » heureuse du succès de ce cher enfant ! Oh ! où est son père » qui avait fondé son ambition sur l'école polytechnique ! » Que n'est-il là pour le féliciter ! Ma joie est comme toujours, » mêlée d'amertume ! » Vivement émotionnée, la pauvre mère fondit en larmes.

Mademoiselle de Tourzelles qui sentait au-dessus du vulgaire, crut qu'il valait mieux laisser un libre cours aux effets d'une sensibilité si légitime ; elle se contenta d'offrir son bras à la sœur de Monsieur Henri et de la ramener au château.

Comme ces dames revenaient Elisabeth vint embrasser sa mère et lui dit : Qu'avez-vous, maman ? — « Rassure-toi, chère » enfant, c'est la nouvelle de l'admission de ton frère qui m'a » produit une trop vive impression. Conduis-moi vers ton » grand-père ; puis tu appelleras ton oncle. »

Arrivées aux château, Madame Champlain et Mademoiselle de Tourzelles montèrent à l'appartement de Monsieur de

Soligny qu'elles trouvèrent avec Molière, et lisant le Misan
thrope. « Mon père, dit sa fille avec une tendresse respectueuse,
» votre petit-fils est appelé à être un polytechnicien : voici la
» lettre qui me l'annonce ; et c'est Monsieur de Salignac qui
» m'écrit ! » — Calmez-vous, Madame, reprit l'institutrice, je
cours chercher Abel et les autres enfants... Ce ne lui fut pas
difficile. Abel dessinait dans le cabinet de son oncle occupé
en ce moment avec le vigneron qui cultivait les sept hectares
de vigne dépendant du château. « Venez mon enfant, trouver votre mère qui est avec votre grand-père. » Abel obéit,
et lorsqu'il entra dans la chambre du vieillard, il le trouva
debout et fermant son secrétaire. « Viens, mon fils, que je
t'embrasse et te récompense ; tu es reçu à l'école ; accepte
ces deux louis. » Touché plus qu'ému, Abel se mit à pleurer,
lorsque Monsieur Henri qu'on avait prévenu, entra tout ha-
letant et dit gaîment : « Voilà, Abel, une épreuve de passée ;
» ce n'est que la première ; il faut que tu persévères, car tu ren-
» contreras un chemin où se trouveront plus d'épines que de
» fleurs : Aie du courage. » — Afin que tu agrées les sentiments
dont mon cœur est animé pour toi, je t'offre cette chaîne ;
puisse-t-elle être pour toi, le gage d'un attachement tout
paternel ! » Les heures s'étaient succédé au milieu des douces effusions de l'amitié ; mais le dîner vint en arrêter le
cours. On passa à la salle à manger ; et c'est là que Mademoiselle de Tourzelles fit en deux mots vivement sentir, son
compliment à Abel, puis elle demanda congé pour René,
Nathilde et Gabriel. Ce fut accordé ; et l'on décida de faire
le lendemain une visite à Monsieur de Salignac, qui ne savait
quels témoignages d'intérêt donner aux habitants du Ravin.

VISITE AU PASTEUR DE MONTBARD.

Le lendemain toute la famille se leva avec joie ; et le jour s'annonça éclairé par un ciel pur et raréfié par l'oxygène d'une atmosphère embaumée. Les enfants en toilette du dimanche, étaient ravis par la pensée d'aller en voiture, et de se promener dans le chef-lieu du canton ; enfin tout présageait un plaisir sans mélange. On déjeuna plus tôt qu'à l'ordinaire ; mais après le repas, Monsieur de Soligny avoua qu'il était fatigué, et préférait ne pas être de la partie.

« Mon père, puisque vous êtes souffrant, je vais écrire à » Monsieur le curé une lettre de remerciements qui suppléera » à notre visite. — Non, ma fille, j'entends que tu fasses ta » visite avec Henri, ton fils et tes neveux. » — Si vous le permettez, Monsieur, répliqua Mademoiselle de Tourzelles, c'est moi qui vous assisterai, puisque René, Mathilde et Gabriel ont congé.

Cette combinaison fut adoptée et à une heure et demie, les chevaux attelés à la grande voiture, attendaient au perron. « Allons, Henri, Allons, mes enfants, embrassez votre » grand-père et partons. » Monsieur Henri fit placer sa sœur sur le siège qu'il lui avait réservé, casa les enfants, et s'assit près d'elle. « Tu vois, Henri, dit Madame Champlain, notre joie est troublée mon père m'inquiète, aussi serons-nous le moins de temps possible. »

A deux heures, l'équipage s'arrêtait à la porte du presbytère. Le cocher descendit de dessus son siége, et sonna à la grande porte. La servante accourut ouvrir, et accueillit cérémonieusement les visiteurs. « Entrez, Madame et Monsieur, » dit-elle, mon maître écrit les bans de mariage d'un jeune » homme ; dans une demi-heure il sera libre. En attendant je » vole ouvrir le salon pour vous recevoir. » Cela dit, le cocher remisa sa voiture, tandis que toute la famille vint prendre place sur le canapé et les fauteuils verts en velours d'Utrecht, qui ornaient le salon du François de Sales de la Bourgogne.

Vingt minutes après, Monsieur de Salignac ouvrit la porte de son cabinet, et se présenta à la reconnaisante famille qui l'attendait. A sa vue, Abel, les yeux mouillés de larmes, s'approcha du pasteur, l'assura, avec un langage aussi naturel que gracieux, que jamais il n'oubliera la bienveillante protection dont il entourait sa jeunesse, ni les attentions délicates qu'il avait pour sa mère

Lorsque le quart-d'heure d'émotion fut passé, Monsieur de Salignac se tourna vers Madame Champlain et dit : « Ce n'est » pas à moi qu'appartiennent les remerciements que vous » m'adressez ; mais à vos voisins de Bourdilly ; c'est Monsieur » Armand de Mussy qui s'est approprié le droit de faire renaître » dans vos cœurs le calme et l'espérance. Madame continua » Monsieur de Salignac, je ne pouvais que prier ; mais non éten- » dre mon bras protecteur dans des régions inconnues pour » moi ; tandis que Monsieur Armand a su y pénétrer. — Vrai- » ment s'écria Madame Champlain, c'est trop de désintéresse- » ment pour une famille qu'on ne connaît pas ! J'irai dès demain » exprimer ma reconnaissance à tous les habitants de Bour- » dilly. » — Thérèse, dit Monsieur Henri, il ne faut pas abuser des instants précieux de Monsieur le curé ; si tu veux, je vais te laisser ici, le temps que je me rends chez le docteur Pinel pour le prier de venir voir mon père. — Tu as raison. — Une demi-heure après, le cocher attendait sur son siège que ses maîtres montassent dans la voiture. Et ce fut après avoir fait promettre à Monsieur de Salignac de venir dimanche au Ravin, que ses visiteurs se résignèrent à le quitter.

VISITE DU DOCTEUR PINEL.

A cinq heures Monsieur Henri et sa sœur rentraient au château. Leur premier soin fut de chercher leur père qu'ils trouvèrent au salon, en société de Mademoiselle de Tourzelles qui lisait à Monsieur de Soligny une comédie de Casimir Delavigne, l'école des vieillards, dont le succès détermina son admission à l'académie française. « Mon père, dit » Madame Champlain, je te trouve mieux, cependant je t'an- » nonce la visite du médecin. Si tu le permets, je vais m'in- » former de ce que deviennent mes enfants, afin d'être tout à » toi. » A peine finissait-elle sa phrase que l'on introduisit le docteur Pinel. Madame Champlain en avertit Monsieur de Soligny qui l'accueillit aimablement. « Je suis très heureux » de vous voir, et je serais plus heureux encore, si vous » pouviez me redonner des forces. » Nous allons faire tout ce qui est en notre pouvoir, répondit le médecin ; puis s'as- seyant près du malade, il lui prit le pouls et l'observa avec une minutieuse attention. Après avoir causé des affaires du moment, Monsieur Pinel fit une ordonnance, la prescrivit au vieillard, et le salua en l'assurant de renouveler ses visites au

Ravin. Madame Champlain qui avait sonné Abel pour venir près de son grand-père, accompagna le docteur jusqu'à sa voiture, afin d'être éclairée sur la santé de son père. « C'est » inquiétant reprit le docteur, Monsieur de Soligny atteint d'un » anévrisme, perd peu à peu ses forces. — Je ne dirai pas, » Madame, qu'il lui faille des soins ; il en est comblé ! Mais » user de tous les ménagements, de manière que Monsieur de » Soligny n'éprouve pas d'émotions. Je désire qu'il se pro- » mène qu'il mange peu à la fois et souvent. » A bientôt Madame, ajouta le docteur ; et il s'éloigna.

On était à la salle à manger, et l'on attendait Madame Champlain pour commencer le repas ; pour le rendre moins monotone, elle proposa à son frère une combinaison dans l'intention de faire le lendemain une visite à Bourdilly. Il fut décidé qu'on partirait à une heure, et qu'on emmenerait Abel et Elisabeth.

VISITE A BOURDILLY

C'était un vendredi, le temps était un peu sombre, car il avait plu une partie de la nuit ; mais l'atmosphère était tiède et agréable : les bois encore verts servaient d'abri aux oiseaux effrayés par le chasseur ; les arbres comblaient les vœux de Pomone qui lui prodiguait ses largesses ; tandis que Flore, d'un œil jaloux, essayait de rappeler son luxe passé ! Tel était l'aspect de la campagne à la fin de septembre ; tel fut le charme qu'y trouvaient les visiteurs du Ravin.

Montés en voiture après le déjeûner, Monsieur Henri et sa sœur arrivèrent à Bourdilly vers deux heures, animés par la douce satisfaction que procure un devoir de cœur. Lorsque de loin, ils aperçurent le château, ils reconnurent à son style, qu'il date du xiiie siècle, et qu'il a le cachet des Eglises du moyen-âge.

Avant de traverser une longue avenue de marronniers d'Inde, on passe devant un moulin au bas duquel coule une petite rivière. D'un côté, le bruit du tic-tac; de l'autre, les causeries des villageoises qui se succèdent lorsqu'elles viennent laver leur linge dans ce cours d'eau limpide, tout cela donne de la vie à la route de Bourdilly. Ensuite, on arrive à une grille qui ferme la cour d'honneur, près de laquelle se trouve la maison du garde. C'est là que les visiteurs s'informent si l'on reçoit au château.

Le cocher de Monsieur de Soligny s'arrêta, et attendit qu'on vînt lui ouvrir la grille. Ensuite, se présenta un domestique à livrée qui fit avancer la voiture, jusque sous les fenêtres du salon du château.

Alors les voyageurs descendirent de voiture, et suivirent celui qui devait les annoncer.

En entrant, Madame Champlain et son frère furent reçus par Monsieur de Mussy qui s'était empressé de venir les saluer avec les marques d'urbanité de l'ancienne politesse française, et que l'on retrouve rarement aujourd'hui....

« Veuillez vous asseoir, dit Monsieur de Mussy aux visiteurs, je vais élargir le cercle, et faire prévenir mes fils qui sont dans leur chambre occupés, soit à écrire, soit à peindre. En attendant l'arrivée d'Armand et de Gustave de Mussy, leur père s'inquiéta de la santé de Monsieur de Soligny, et exprima son regret en apprenant qu'il était souffrant; puis

Famille de Soligny. 7

se tournant vers Madame Champlain, il la félicita du succès de son fils auquel il eût adressé aussi des compliments, si, les jeunes de Mussy ne fussent entrés. S'approchant de Madame Champlain et de sa fille, ils saluèrent ces dames avec une convenance et une grâce parfaites. Puis se plaçant près de leur père, Armand et Gustave prirent en quelque sorte le dé de la conversation. — De plus, il leur était facile d'observer Elisabeth dont la physionomie sympathique et l'air distingué, devaient assurément, exercer quelque influence sur l'esprit et le cœur de jeunes gens de bonne compagnie. Madame Champlain prit la parole, et sut par quelques mots heureusement choisis, faire comprendre à Armand de Mussy l'éminent service qu'il lui avait rendu ainsi qu'à son fils. « Maintenant ajouta-t-
» elle, avec tact; c'est à Abel, à marcher sur vos traces,
» Monsieur, et à suivre le sentier de l'honneur et du devoir
» dont son père ne s'est jamais écarté. »

« Madame, reprit Monsieur de Mussy, vous n'avez pas sujet de
» vous préoccuper de votre fils, il est bien supposable qu'à l'é-
» cole, il se montrera ce qu'il a toujours été; soumis à ses profes-
» seurs et respectueux envers sa mère. » Quant à Monsieur de Mussy qui, en quelque sorte ne voulait perdre ni de l'attrait ni de l'intérêt qu'il trouvait dans la société de Madame Champlain et de sa fille, il proposa à ces dames, une promenade. Elles acceptèrent. Chemin faisant, Monsieur de Mussy les conduisit à l'extrémité du parc pour visiter une serre nouvellement créée, et dans laquelle il y avait déjà des plantes exotiques de toute espèce. Cette promenade ne fut pas sans succès. Elisabeth aimait non-seulement les fleurs, mais elle avait étudié assez de botanique pour en connaître la classification. On revint, en traversant de belles allées alignées, très bien soignées, et à l'issue des

quelles apparurent Armand et Gustave de Mussy. On comprend qu'Elisabeth, fût à son insu l'objet d'une attention toute particulière, et que la famille de Mussy regrettât de voir arriver l'heure du départ des visiteurs. Effectivement, Monsieur Henri avait donné ordre de préparer la voiture; lorsqu'on vint avertir Madame Champlain que tout était prêt, Monsieur de Mussy s'empressa d'offrir son bras à la sœur de Monsieur Henri, tandis que son fils aîné conduisait Elisabeth au perron.

Ainsi se séparèrent des voisins du meilleur monde, et en se renvoyant des marques d'une politesse aimable, jusqu'à ce que le bucéphale du Ravin eût dans sa course fugitive dérobé aux regards des propriétaires de Bourdilly, les visiteurs qu'on avait été heureux d'accueillir et de connaître. Il était six heures, quand Madame Champlain et son frère rentrèrent à leur demeure.

VISITE DE MONSIEUR DE MUSSY.

Le dimanche la famille du Ravin assista à l'office paroissial, excepté Madame Champlain qui resta près de son père. Monsieur de Salignac en remarqua l'absence, mais comme il avait l'intention d'aller dîner au château, il ne voulut pas après la messe retarder le départ de Monsieur Henri et de ceux qui l'avaient accompagné. Néanmoins Monsieur de Soligny n'était pas plus souffrant, il avait meilleur appétit et semblait moins affaissé. A cinq heures, Monsieur de Salignac fut annoncé et accueilli cordialement par Monsieur de Soligny qui fut enchanté de lui parler de ses nouveaux voisins, ainsi que de la réception qu'ils avaient faite à ses enfants. D'un autre côté, Monsieur le curé avait à témoigner l'empressement que Monsieur Armand de Mussy avait apporté pour connaître les notes d'Abel Champlain. Ainsi naissent la sympathie et la confiance ! Le sujet de la conversation fut suspendu par l'arrivée des enfants qui revenaient d'une longue promenade ; puis par Mademoiselle de Tourzelles que l'on n'avait pas vue depuis le retour de la messe, parce qu'elle consacrait le dimanche à sa correspondance. Quant à Madame Champlain, elle s'était retirée dans sa chambre pour écrire à sa belle-mère, et la prévenir que d'ici douze jours, elle pouvait compter sur sa visite. A six heures et demie, toute la famille appelée par la cloche, se réunit à la salle à manger, et fut heureuse d'avoir pour commensal le pasteur de Montbard. Après le dîner, Monsieur de Soligny fit sa partie de tric-trac, jusqu'à l'heure où se retira Monsieur de Salignac.

Le lendemain, Mademoiselle de Tourzelles ayant déclaré que la vacance était finie, reprit la régularité de son travail. Ses élèves s'y résignèrent de bonne grâce, car ils ne cherchaient qu'à être agréables à leur père. Pour Madame Champlain, elle préparait son père et son frère à la pensée de son départ qui était fixé prochainement. « Avant de nous » séparer, dit Monsieur Henri à sa sœur, nous allons régler les » comptes de l'année? — Volontiers, répondit Madame Cham-» plain. » Ils étaient disposés à examiner la question du rapport de leur terre ainsi que les intérêts communs, quand ils entendirent le bruit répété d'une voiture. C'étaient Messieurs de Mussy. Et, avant qu'on eût le temps de les prévenir, Madame Champlain et son frère étaient descendus au salon

assez tôt, pour que les visiteurs les y trouvassent. Après les salutations respectueuses et les premiers échanges de la conversation habituelle, Monsieur Henri sortit pour avertir Abel et Elisabeth. Rentrée seule, Madame Champlain parla de l'inquiétude que lui causait la santé de son père, et ajouta qu'elle était attristée par la pensée de le quitter bientôt.
« Il faut, avant la rentrée de mon fils, que je le conduise, lui et
» ses sœurs, à la famille de mon mari qui habite la Bretagne. »
Au même moment Abel entra en saluant gracieusement ces Messieurs; tandis que sa sœur qui le suivait, se plaça près de sa mère. — Peu d'instants après, Monsieur de Soligny se présentait au salon et suivant son habitude, avec l'air d'un grand seigneur. Encore très droit, ce vieillard d'une tenue irréprochable, avait dans sa prestence, quelque chose de sympathique et d'imposant.

La conversation fut générale et intéressante; on parla de la richesse mobilière et du luxe qui n'a plus de bornes dans toutes les classes de la société; notamment, on trouva quelque charme à rappeler les réceptions amicales qui existaient autrefois entre des voisins du même monde.

Ces réflexions opportunes et auxquelles chacun prenait part, n'empêchaient pas Armand de Mussy de s'éprendre de la chère Elisabeth qui n'avait pas rougi de se mettre à la couture que sa mère lui avait donnée à faire. Afin de distraire les fils de Monsieur de Mussy, Abel leur proposa de les emmener, en se promenant, à une ferme voisine d'où l'on découvre une vue pittoresque et ravissante. Ceux qui restèrent au salon parlèrent d'éducation, des précieux avantages qu'elle procure, quand elle est donnée avec discernement et goût; de plus, on fit l'éloge de Mademoiselle de Tourzelles.
« Mais dit Monsieur de Mussy, en s'adressant à Monsieur Henri,

» je désirerais connaître vos enfants; veuillez me permettre
» de les embrasser? » Elisabeth se levant avec grâce, reprit :
je vais, Monsieur, vous les amener avec ma sœur. — Effecti-
tivement, un quart d'heure après, Nelly, René, Nathilde et
Gabriel (qui avait honte) vinrent très gentiment embrasser l'aimable conservateur, et leur grand-père ensuite.
« Asseyez-vous autour de la table, et soyez sages, dit Madame Champlain; tous les quatre s'assirent, soit avec un
livre, soit avec une poupée, et aucun ne dit mot. Une demi-
heure écoulée, René dit à sa sœur : « c'est l'heure de rentrer
travailler; viens Gabriel, » aussitôt ces chers petits tendirent
la main à Monsieur de Mussy et s'en allèrent. » Au même moment apparut Mademoiselle de Tourzelles qui cherchait ses
petits écoliers. « Restez, Mademoiselle, dit Monsieur de Soli-
» gny, votre conversation ne peut être qu'intéressante à Mon-
» sieur de Mussy; laissez pour ce soir les enfants jouer, je vous
» le demande. »

« Je n'ai rien à vous refuser reprit l'institutrice en s'asseyant
près de Madame Champlain. » Ces messieurs et ces dames passèrent donc agréablement le temps au salon jusqu'à l'heure
où le cocher amena la voiture suivant l'ordre qu'il avait
reçu. De leur côté les jeunes gens qui revenaient de leur
promenade, n'eurent que le temps de venir saluer Monsieur
de Soligny et ses enfants, sans oublier toutefois de porter un
dernier regard sur Elisabeth...

On doit pressentir que les habitants du Ravin aient été
l'objet des réflexions judicieuses de la famille de Mussy, et
que Armand n'ait pu céler l'impression qu'Elisabeth avait
produite sur son esprit et sur son cœur. « Je le comprends
» d'autant mieux, mon enfant, dit Monsieur de Mussy que j'ai
» le plus vif désir de te voir marier. — Tu es assez avancé dans

» ta carrière, pour y songer. Vous avez raison, mon père;
» mais à Nîmes je n'ai pas trouvé de familles qui puissent
» exciter en moi le désir d'avoir un entourage tandis que
» celui du Ravin me conviendrait parfaitement. — Ne pour-
» riez-vous pas mon père vous informer si l'on peut parler
» mariage à Madame Champlain? Je crois, répondit Monsieur
» de Mussy, que Monsieur le curé nous donnera quelques ren-
» seignements à ce sujet. — Voulez-vous que je l'engage à
» venir dîner l'un de ces jours, et que j'insiste à cause de
» notre départ, à moi et à Gustave? Fais ce que tu désires,
» je te laisse libre. » Le lendemain, Monsieur de Salignac recevait une lettre d'invitation à dîner pour le jeudi suivant. — En
attendant, Armand et Gustave de Mussy se bercèrent de l'espoir de s'allier à leurs voisins.

CONFIDENCES RESPECTIVES.

Monsieur de Salignac qui plaçait au-dessus de tout, les devoirs de son ministère, quittait peu le presbytère; et s'il
accéda au désir de Monsieur de Mussy, c'est qu'il avait le
désir de lui être utile. Le jeudi arrivé, ce zélé pasteur eut
recours au même moyen de transport que la première fois,
et arriva à Bourdilly sans incident; si ce n'est, que le coursier
qui le conduisait, allait tout au plus comme un âne. — Fatigué,
Monsieur de Salignac s'arrêta à la maison du garde, et préféra aller à pied jusqu'au château. Un domestique l'ayant
aperçu vint à sa rencontre, et se chargea du soin de son véhicule. D'abord il introduisit au salon le visiteur qu'on accueil-

lit avec les grâces de la sincérité du cœur. Monsieur de Mussy se levant, tendit la main au pasteur de Montbard que ses fils saluèrent respectueusement. Pour commencer la conversation, on parla des affaires du jour, du chef-lieu de canton, et l'on vint bientôt au sujet qui les intéressait tous.

« Permettez, dit Monsieur de Mussy à Monsieur de Salignac, qu'avant de passer à la salle à manger, je vous fasse une confidence, et que je recoure aux lumières de votre sagesse ? Voici ce dont-il s'agit : (et il le mit au courant du projet en question). « Pensez-vous, que Madame Champlain
» veuille marier sa fille, et qu'elle accepte mon fils Armand ? »
Monsieur, reprit le curé, c'est une question que je n'ai jamais abordée ; toutefois, il faut que je vous fasse envisager que Madame Champlain a peu de fortune quant à présent et
« quelle a trois enfants qui plus tard, auront le tiers de la
» moitié de la terre du Ravin dont son père est possesseur.
» A Monsieur Henri, appartient l'autre. Madame Champlain n'a
» eu en mariage que sa part de mère, de sorte qu'il est évi-
» dent, que Mademoiselle Elisabeth a une dot que sans doute,
» Monsieur Armand ne trouvera pas en rapport avec la sienne,
» ni avec les exigences d'une société déclassée. Mais, Monsieur
» le curé, on n'est pas obligé de suivre son siècle, comme on
» doit le faire d'un commandement de Dieu. — Peut-être, mon
» fils place-t-il les qualités morales et les dons du cœur dans
» une balance susceptible d'équilibrer celles de l'argent.
» D'ailleurs, reprit Monsieur de Mussy, n'essayons point de
» faire des dissertations inutiles, allons droit au but sans péri-
» phrases. Veuillez, communiquer à Madame Champlain, le dé-
» sir de mon fils, désir qui est le mien. Vous ajouterez,
» qu'Armand à trois cent mille francs de part de mère, et que
» la terre de Bourdilly est l'héritage que je laisserai à mes
» enfants. »

Monsieur, c'est une très belle fortune ! reprit Monsieur de Salignac qui eût continué son exclamation, sans l'arrivée des deux frères, ils revenaient de faire une promenade, et avaient pris leur fusil plutôt pour avoir une arme défensive, que par passion pour la chasse, et comme ils avaient tué deux cailles, puis trois grives, ils étaient entrés les montrer à leur père.

Une demi-heure après la famille était réunie à la salle à manger.

Craignant pendant le dîner de se laisser dominer par les confidences que Monsieur de Mussy lui avait faites, Monsieur de Salignac fit causer Armand et Gustave de Mussy, et amena la conversation sur les villes où leurs fonctions les avaient appelés.

« Avignon dit le magistrat, est une colonie de Marseille qui
» n'a plus de son ancienneté que des monuments romains.
» Elle a, cependant, de remarquable un long pont de bois sur
» le Rhône qui murmure ; le château où résidèrent les papes
» l'hôtel Crillon et le nouveau théâtre. Mais depuis 1815, Avi-
» gnon a été le foyer de tant de crimes, que la société manque
» de cette unité qui en est la base. Toutefois, quelles que
» soient les vicissitudes des époques que nous traversons, les
» bords de la Durance offriront toujours au touriste, des sites
» délicieux, car le souvenir de Pétrarque les a rendus poéti-
» ques et ineffaçables. Pour Nîmes, reprit le jeune ingénieur,
» cette ville, richement dotée par les Antonius, avait effacé
» au IIᵉ siècle de notre ère, l'antique cité Phocéenne qui avait
» perdu ses mœurs sévères. Aujourd'hui, Nîmes est déchue, car
» la révocation de l'édit de Nantes lui a ravi ; et la source de
» sa richesse, et une grande partie de sa population. Cepen-
» dant le calvinisme n'y a jamais été déraciné ; aussi, depuis

» le xvııı° siècle, existe-t-il entre les dissidents et les catholiques
» une haine qui les excite à prendre les armes à la première
» alarme. Maintenant, les arènes ainsi que la maison carrée
» d'Adrien attireront toujours les archéologues de même que
» les amis de Tacite. — C'est pourquoi, Monsieur le curé con-
» tinua Armand de Nussy, il est presque impossible de cher-
» cher une femme dans une ville, où l'esprit de famille n'existe
» plus. Pourtant, répond it Monsieur de Salignac, Dieu bénit les
» unions partout, lorsqu'elles se contractent sous les auspices de
» l'honneur et de la religion. » Après le dîner, toute la famille
vint s'asseoir sur un banc au dessus du quel s'élevait une
clématite à l'odeur pure et suave ; mais Monsieur de Salignac
ayant manifesté le désir de se retirer de bonne heure, Monsieur Armand disparut du cercle pour prévenir le cocher du
château de se tenir prêt à conduire Monsieur le curé à huit
heures, et à faire partir en avant, sous la conduite du fils du
garde, la voiture et le cheval au toit hospitalier du juge de
paix qui avait eu l'obligeance de les mettre à la disposition
du pasteur du canton.

UNE PROPOSITION.

Monsieur de Salignac voulut que le jour qui suivit sa visite
à Bourdilly, fût consacré aux devoirs du sacerdoce et à l'apostolat de la charité ; il se contenta d'écrire à Madame Champlain, que le lendemain vers une heure et demie, il sera près
d'elle parce qu'il avait une communication à lui faire. Lorsque

Madame Champlain eut reçu cette lettre, elle la montra à Monsieur de Soligny qui se demanda avec sa fille, ce qui pouvait amener au Ravin précipitamment Monsieur de Salignac? Lorsqu'on a vu les épreuves se succéder autour de soi, on n'ose plus rien espérer !.....

C'était le 25 septembre, par l'une des premières journées de l'équinoxe qui fait succéder à l'été les jours mélancoliques de l'automne, que Monsieur le curé partit pour le Ravin après son déjeuner. Muni du petit carême de Massillon et d'un parapluie, le bon pasteur fit le trajet sans se fatiguer. Introduit au salon, il y trouva Madame Champlain seule écrivant à sa belle-mère. Elisabeth faisait travailler Nelly, tandis que les autres enfants du château étaient avec Mademoiselle de Tourzelles. «Madame, dit Monsieur de Salignac, je n'aurais pas » eu l'honneur de vous voir aujourd'hui, si je n'eusse été chargé » de vous proposer un mariage pour votre fille. — Quoi ! » s'écria Madame Champlain tout étonnée. — se pourrait-il que » l'on pensât à Elisabeth? Elle est si jeune ! puis, on ignore » qu'elle a une dot qui ne répond nullement à celles qu'exigent » les jeunes gens de notre époque ! — Je n'ose, continua Madame » Champlain, vous demander de quelle part vous êtes envoyé » près de nous, car ma fille n'a pas encore dix-huit ans ! Je » vous comprends, répondit Monsieur le curé, mais vous savez » que dans les âmes bien nées, la raison n'attend pas les » années. Permettez, Monsieur, que je vous conduise à mon » père, car je suis tout à la fois troublée et émue. » Au reste, c'est à lui, que je dois les sages conseils auxquels j'ai acquis l'esprit de conduite qui m'a été si utile ; et il est de mon devoir, de lui communiquer immédiatement ce que vous me proposez. — Et aussitôt ils montèrent dans la chambre du vieillard qu'ils trouvèrent triste et souffrant.

Mon père, je vois avec peine que tu n'es pas bien, et encore je viens te causer une émotion....... Qu'y a-t-il donc Thérèse? Rien ne vous inquiétez pas, dit Monsieur le curé, en prenant la parole, et je vais, sans circonlocution, vous dire ce qui m'amène au milieu de vous. « Ayant » accepté la mission délicate de vous proposer une alliance sortable pour Mademoiselle Elisabeth, j'ai eu hâte de » vous en faire part, afin de donner une réponse le plus » tôt possible. — Qu'as-tu dit à Monsieur le curé Thérèse ? » mon père, que ma fille est jeune ; qu'elle n'a pas encore » été dans le monde ; enfin qu'elle est sans fortune. Tout » cela est très sensé. — Mais, répliqua Monsieur de Sali-» gnac, des objections ne sont pas une solution. Hé bien! » ajouta le vieillard de qui la puissance de la sensibilité avait » rappelé les forces. « C'est moi qui vais parler : » d'abord » je ne veux pas connaître le nom de la famille qui nous fait » ces avances ; je tient avant tout, qu'elle sache, qu'Elisabeth » a 40,000 fr. de part de père ; que ma fille aura pour héri-» tage la moitié de la terre du Ravin estimé 1 million. Or, les » cinq cents mille francs de Madame Champlain seront à divi-» ser en trois. — Vous voyez, Monsieur, qu'il est supposable, » que l'on s'abuse sur notre fortune. C'est pourquoi, il faut dé-» chirer le voile de l'illusion. Maintenant, j'approche à grands » pas de la tombe, et mes vœux concourent à voir Thérèse et » son frère rassurés sur l'avenir de leurs enfants ! — C'est assez, » reprit Monsieur de Salignac en serrant la main du vieillard, permettez que je me retire, en vous disant : au revoir ! « Tous se levèrent pour remercier et saluer Monsieur le curé, qui prit congé de Monsieur de Soligny et de sa fille.

RÉPONSE ET DÉCISION.

Dès que Monsieur de Salignac fut rentré chez lui, son premier soin fut de s'informer si quelqu'un l'avait demandé; ensuite d'écrire à Monsieur de Mussy. La lettre du bon pasteur était simplement une révélation délicate de la confidence que lui avait faite Monsieur de Soligny.

Le lendemain cette missive arriva à Bourdilly. Après en avoir pris connaissance Monsieur de Mussy fit appeler son fils Armand et lui dit : « Lis cette lettre, et juge par toi » même la situation de laquelle émane le projet qui nous inté-» resse. » — « Mon père, reprit le fils de Monsieur de Mussy, » je ne m'attendais pas à trouver plus de fortune dans la » famille de Soligny : comme vous ne m'avez poin* élevé, » vous, ni ma mère, à mettre le bonheur en la possession des » richesses, vous comprenez que la première condition que » j'envisage dans un mariage, c'est l'honorabilité de la fa-» mille à laquelle on associe sa destinée. C'est l'éducation » première qu'a reçue la jeune fille à laquelle on pense; ce » sont les qualités du cœur sans lesquelles tout s'efface : » beauté, esprit, talent. » Ton raisonnement est très sensé, Armand, je te laisse libre d'agir; mais pèse bien tous les engagements qui se lient au mariage, réfléchis aux exigences de la vie à notre époque. « Mon père, continua Armand, depuis que » j'habite Nîmes, je vais dans toutes les réunions; j'y vois » bien des familles, et j'apprends des choses qui me donnent

» de l'expérience. Aussi laissez-moi vous dire, ce qui a déter-
» miné ma passion pour Mademoiselle Elisabeth : Ce n'est pas
» qu'elle ait en partage cette beauté qui consiste dans la
» régularité des traits et la perfection de l'ensemble ; mais
» elle possède une beauté sympathique qui est le type de la
» beauté intellectuelle et de la beauté morale, car la beauté
» c'est la vie, c'est le mouvement.... Hé bien ! mon père, ne
» trouvez-vous pas que la petite fille de notre voisin offre la
» garantie de ces avantages ? Oui, cependant il ne faut pas
» que les nobles sentiments qui t'animent exaltent ton imagi-
» nation afin que plus tard tu n'avoue pas que La Rochefou-
» cauld eut raison de dire : esprit est souvent la dupe du
» cœur. » Je vous remercie de mettre ainsi à l'épreuve, la
raison et la passion ; mais sachez, que vous n'aurez jamais à
vous repentir de m'avoir donné votre consentement. « Mon
» fils, je te l'accorde. — Pourtant, avant de faire la demande,
» je veux que tu connaisses mes intentions paternelles à ton
» égard et à celui de ton frère : Aux 500 mille francs de
» dot que vous avez de votre mère, je n'ajoute que 50,000
» francs. Sans doute que je pourrais grossir votre fortune
» personnelle, mais je préfère vous apprendre à compter
» sur vous mêmes ; à profiter de la belle position que vous
» avez en perspective, et augmenter ma fortune pour des en-
» fants dont Dieu, j'espère, bénira l'union. »

LA DEMANDE.

Le lendemain de cet entretien, Monsieur de Mussy après avoir assisté à l'office paroissial de Sémur (car c'était un dimanche), donna des ordres à son cocher pour aller faire visite au Ravin dans l'après-midi.

« Ne venez pas avec moi, dit-il à ses fils, j'annoncerai votre visite pour l'un des jours de la semaine. »

A trois heures, Monsieur de Mussy descendait de voiture au perron du Ravin. « Puis-je voir Madame Champlain dit-il au domestique qui se présenta. » Monsieur, je vais le demander. — Madame est auprès de son père qui est souffrant. Mais reprit le châtelain de Bourdilly, « je désire voir aussi Monsieur » de Soligny ; je suis donc tout disposé à vous suivre dans » son appartement. En attendant que je vous y introduise, » reprit le valet, veuillez entrer au salon. » Seul dans cette grande pièce simplement meublée, mais assez cependant pour avoir le cachet du vrai goût, Monsieur de Mussy prit intérêt à regarder quelques tableaux de Paul de Laroche : c'étaient le le baptême de Clovis, le passage des Alpes par Charlemagne, la mort de Charles Ier. En moins de dix minutes, le valet de chambre vint trouver Monsieur de Mussy et le pria de le suivre. A la vue de ce respectable vieillard, Monsieur de Soligny s'inclina et lui offrit un siège. Près d'une table se tenait Madame Champlain qui travaillait à un écran ; et quand les échanges de politesse furent faits elle expliqua au visiteur la

cause de la fatigue de son père qui était toujours atteint,
lorsque s'opérait dans la température un changement subit.

Par convenance, Monsieur de Nussy s'informa de la santé
des enfants du château. — « Pour moi, continua-t-il, mes
» fils vont bientôt me quitter, et je m'attriste d'avance de
» leur départ ; et croyez, Madame, qu'ils ne s'éloigneront pas
» de Bourdilly, sans faire une visite à mes voisins du Ravin.
» Je quitte aussi bientôt le toit paternel, reprit Madame
» Champlain ; je pars dans quelques jours, à moins que mon
» père ne s'y oppose. Si, j'étais un égoïste, Thérèse, je met-
» trais obstacle à ton projet ; mais des obligations de famille
» t'appellent ailleurs : d'abord à Brest où habite ta belle-
» mère ; ensuite à Paris pour présider à la rentrée de ton
» fils, et à l'éducation de tes filles. »

« Maintenant, reprit Monsieur de Nussy, permettez-moi
» de déchirer le voile qui depuis quelques semaines a mé-
» nagé un secret de famille, un dessein de la Providence ?

» Je viens aujourd'hui demander la main de votre fille pour
» mon fils Armand ingénieur à Nîmes..... » Comment !
Monsieur, reprit Madame Champlain tout émue... « Madame,
» ajouta Monsieur de Nussy, nous savons qui vous êtes, et
» ce que votre famille possède de biens matériels ; sachez
» que, si j'entre hardiment dans la voie qui conduit au but,
» c'est que je veux vous épargner des révélations qui, en re-
» haussant votre mérite, froisseraient votre dignité d'épouse
» et de mère.....

» Ah ! s'écria Monsieur de Soligny : l'espérance que vous
» apportez au milieu de nous, me conduira plus vite au
» tombeau ! Comment ! oubliez-vous, continua Monsieur de
» Nussy, que Jacob a survécu à la joie inespérée de retrou-
» ver son fils qu'il croyait mort depuis longtemps ? » — C'est

vral, répondit Monsieur de Soligny ; mais je suis si impressionnable que. . . .

» Veuillez, Madame, dit Monsieur de Mussy, (en se tour-
» nant vers la mère d'Elisabeth) veuillez me confier la ré-
» ponse que je dois porter à mon fils? — Je ne le puis ce soir,
» et en voici les motifs : vous saurez, Monsieur, que ma fille
» n'a jamais pensé au mariage ; qu'elle ne se doute nulle-
» ment d'avoir pu attirer l'attention de quelqu'un, en dehors
» des membres de sa famille et de nos amis. — Or, il est es-
» sentiel, que je connaisse les dispositions de son esprit, les
» intentions de son cœur ; que je lui démontre, qu'à moins
» de prendre le voile, le mariage est une des conditions
» ordinaires de la vie ; qu'enfin, je fasse observer à ma fille,
» la haute importance d'un acte qui est tout à la fois, un
» contrat civil, un contrat religieux.

» Madame, j'applaudis à tout ce que vous m'exprimez,
» aussi suis-je heureux d'avouer, que je me repose sur votre
» sagesse, et que j'espère une réponse favorable. »

Ensuite Monsieur de Mussy se retira. Peu d'instants après
le départ du propriétaire de Bourdilly, Monsieur Henri entra
au salon et fut affecté de trouver son père si ébranlé. —
« Mon ». . dit le vieillard, une demande de mariage pour
» Elisabeth m'a causé une satisfaction si inattendue, que tu
» en vois les effets sur mes faibles organes. — Je ne suis
» plus étonné, répliqua Monsieur Henri de vous voir si
» énervé, cependant, mon père, si Dieu veut à la fin de vo-
» tre carrière, faire renaître en votre cœur, la joie et l'espé-
» rance, il faut croire, qu'il vous donnera pour en jouir, la
» même force que celle avec laquelle vous avez traversé le
» cours d'une vie d'angoisses. » Monsieur Henri partagea l'émotion de son père qui lui raconta ce qui s'était passé pendant son

absence. Il approuva la conduite de sa sœur, et se promit
d'examiner avec elle le projet de mariage qu'il souhaitait ardemment de voir réaliser dans l'intérêt de sa nièce.

LA MÈRE ET LA FILLE.

Le dîner de cette journée d'émotions fut silencieux, la place
de Monsieur de Soligny était inoccupée, et chacun avait
l'air anxieux. Néanmoins, Mademoiselle de Tourzelles cher-
cha à entretenir la conversation afin que ses écoliers ne pus-
sent soupçonner qu'il y eût eu de l'agitation au château pendant le cours de la journée. — La soirée fut courte, on ne se
réunit point au salon, et Madame Champlain vint près de
son père jusqu'à ce qu'il se sentît disposé à goûter les dou-
ceurs du sommeil. C'est donc, après s'être retirée dans son appartement, que Madame Champlain prévint sa fille de la confidence qu'elle avait à lui faire.

« Il s'agit, ma chère enfant, d'un mariage que ton grand-père
» et moi trouvons très sortable; je te donne le temps de réflé-
» chir, parce que je veux que tu saches ce à quoi l'on s'en-
» gage, quand on se lie pour la vie tout entière. Écoute,
« Elisabeth ce que me dicte mon devoir de mère ainsi que ma
» tendresse : Je ne te ferai point envisager le mariage comme
» un acte indispensable à l'existence; je te dirai seulement,
» qu'il arrive un moment, où une jeune fille doit se faire à l'idée
» qu'elle peut perdre le père ou la mère qui se dévoue pour
» elle; que seule dans le monde, elle a une position embarras-
» sante, même avec de la fortune. C'est pourquoi, à la vue des

» écueils qui naissent sous ses pas, une femme, sent qu'il
» lui faut un appui pour enter l'arbre de la vie, ne serait-
» ce qu'un ami véritable ! »

« Toutefois, Elisabeth, il est des âmes privilégiées que
» Dieu appelle à l'apostolat de saint Vincent de Paul, ou à
» une vie d'austérités à l'exemple de sainte Thérèse. —
» Voilà l'entretien qu'au préalable, je désirais avoir avec toi ;
» ne te préoccupe pas ; réfléchis sans précipitation.....

— » Maman, reprit avec candeur la respectueuse jeune
» fille, soyez persuadée que je vais méditer vos judicieuses
» réflexions. » Onze heures sonnèrent, et après avoir em-
brassée sa mère, Elisabeth l'engagea à prendre un repos ré-
parateur.

UN TÉLÉGRAMME DE BREST.

Le lendemain, Madame Champlain prévint ses enfants, que
dans dix jours, 8 octobre, ils quitteraient leur père et leur
oncle si affectueux pour eux. Monsieur de Soligny semblait
résigné à la séparation de sa fille, par la pensée de voir Elisabeth épouser Monsieur Armand de Nessy ; Monsieur Henri
partageait les mêmes sentiments que son père ; de sorte que
le départ de Madame Champlain laissait derrière soi une
lueur d'espérance. Telle était la situation morale des propriétaires du Ravin, quand, à 10 heures, au moment de se
mettre à table, on remit à Madame Champlain un télégramme
ainsi conçu : « Brest, Madame Champlain veuve du vice-
» amiral est très malade, venez. »

Signé : EDMOND PRÉGENT,
Conservateur des hypothèques.

Cette dépêche écrite par le gendre de la malade, jeta une vive inquiétude dans l'esprit de Madame Champlain qui fut obligée de changer les combinaisons de son voyage.

Elle décida d'emmener Abel, et de laisser au château Elisabeth et Nelly. En toute hâte, on accéléra le départ de la mère et du fils, que Monsieur Henri prit soin de conduire à la gare de Montbard, mais il fallut se dire adieu. Empruntant de son courage tout ce qu'elle y avait déjà puisé, Madame Champlain embrassa son père avec une vive affection lui recommanda ses filles, et serrant avec émotion la main de Mademoiselle de Tourzelles, elle lui dit avec un regard expressif : « Je me repose sur vous ! » A quatre heures Madame Champlain et Abel traversaient la ligne de Tours et du Mans qui est la plus directe pour arriver en Bretagne. Ce fut un long et pénible trajet, car nos voyageurs n'arrivèrent à Brest que le surlendemain à midi. Aussitôt après être descendus de wagon, Madame Champlain et Abel montèrent dans un omnibus qui les conduisit à la demeure de la belle-mère de Madame Champlain (rue d'Aiguillon n° 15).

Introduits dans la chambre de la malade, Madame Champlain et Abel trouvèrent effectivement leur mère dans un tel état de faiblesse, qu'elle ne put les reconnaître ; mais portant sur les nouveaux arrivés des regards fixes, la malade leur serra la main. Pour l'assister Madame Champlain avait sa fille qui ne la quittait pas, et une religieuse pour la seconder. Atteinte d'une hydropisie, le médecin n'avait pas dissimulé que la vie de Madame Champlain était en péril, et que, ne pouvant rien prendre, elle s'éteindrait sans crise. La fille de Monsieur de Soligny fut très affectée de trouver sa belle-mère dans un état désespéré, car elle n'avait eu qu'à se louer de ses procédés. Le troisième jour qui suivit l'arrivée de Madame Champlain, la malade rendit son âme à Dieu entourée de toute sa famille.

La fille de Monsieur de Soligny montra de nouveau en cette occurence douloureuse, l'intelligence et la délicatesse dont elle était capable. Elle témoigna à sa belle-sœur, les marques de sympathie les plus sincères, et s'identifia aux regrets que la veuve du vice-amiral emportait dans la tombe.

LA SUCCESSION.

Il en coûte d'avouer, qu'à la profonde tristesse que la mort apporte avec soi dans les familles où elle apparaît, s'ajoutent une suite d'embarras, de questions délicates dont on est quelquefois victime.

La succession de Madame veuve Champlain n'offrait aucune complication. Elle ne laissait pour héritage à ses enfants, que la maison qu'elle occupait. Les 6,000 fr. de pension qu'elle recevait comme veuve d'un vice-amiral; s'en allaient avec elle. Or, la succession était bien simple à régler. La défunte, femme d'ordre, vivait confortablement et sans dépenser au delà de ses revenus; ses jouissances étaient de faire des cadeaux à sa fille et à ses petits-enfants; de sorte que le prix de la maison évalué 50,000 fr. donnait à Madame Prégent et à Madame Champlain une part de 25,000 fr. Quant au mobilier et aux objets précieux auxquels Madame Champlain tenait beaucoup, ils furent considérés comme de précieux souvenirs de famille; et partagés d'un commun accord. Madame

Champlain et Abel furent comme, on le voit, très occupés
pendant les quinze jours qu'ils restèrent à Brest ; ils habitè-
rent la maison de la défunte, et prirent leurs repas chez
Madame Prégent, qui, elle aussi, avait deux enfants, mais
plus jeunes que ceux de sa belle-sœur. Le conservateur trouvait Abel très posé pour son âge, et était si touché des attentions qu'il avait pour sa mère qu'il désirait que son fils mar-
chât sur ses traces.

LE CONSEIL.

Le temps marche malgré les peines qu'il nous apporte
chaque jour, et quinze jours passés au sein de la famille sont
bientôt écoulés. La surveille de son départ, Madame Champlain prévint Monsieur Prégent et sa femme qu'elle avait
une confidence à leur faire, et voulait recourir à leur conseil. On
convint de l'après-dînée de ce même jour, afin d'être tout-à-
soi. « En qualité de tuteur de mes enfants dit Madame
Champlain à Monsieur Prégent, » je ne dois rien décider touchant ce qui concerne leur avenir, sans avoir votre avis et
et celui de votre femme. « Il s'agit en ce moment, d'une de-
» mande de mariage pour ma fille, et en voici les conditions :»
Or Madame Champlain raconta tout ce qui avait eut lieu.
Ma sœur , dit l'oncle d'Elisabeth , d'après ce que je vois ,
c'est un très beau projet.

« C'est à vous de discerner, si ma nièce a la santé et la
» raison qu'exigent les engagements que l'on contracte lors-
» qu'on unit sa destinée à un mari. Je trouve que vous ren-

» contrez ce qui est rare ; la famille, la capacité, de plus, la
» fortune. • Assurément que tous les tuteurs voudraient dans
une affaire aussi grave, n'être pas plus embarrassés que moi
pour donner leur consentement.

« En avez vous parlé à votre fille reprit Monsieur Prégent ? «
» Oui , mais je no lui ai pas nommé la famille, je l'ai rai-
» sonnée sur la destiné que la Providence offre à chacun de
» nous, et lui ai donné tout le temps nécessaire pour réfléchir.

— Vous avez bienfait, continua Monsieur Prégent, je n'ai,
» ma chère belle-sœur, qu'à vous engager à prendre une dé-
» cision.» Le lendemain toute la famille du vice-amiral Champlain se rendit au cimetière pour déposer sur la tombe de
leur mère, le tribut du respect filial et de la reconnaissance. Vingt-quatre heures après, Madame Champlain et son
fils reprenaient la voie ferrée pour retourner au Ravin.

LA VISITE D'ADIEU AU RAVIN.

Pour tromper l'absence, Madame Champlain avait donné
plusieurs fois de ses nouvelles à son père; et c'est Elisabeth,
qui, assise auprès du vieillard, répondait à sa mère. Nelly
travaillait avec ses cousins sous la direction de Mademoiselle
de Tourzelles, et Monsieur Henri désirant que sa nièce fit de
longues promenades hygiéniques, l'accompagnait.

Un jour qu'Elisabeth et sa sœur portaient un secours à une
malheureuse femme qui avait quatre enfants, elles aperçurent de loin deux cavaliers montés sur deux jeunes chevaux, dont ils savaient tempérer l'ardeur. C'étaient les deux

Messieurs de Mussy qui venaient faire leur visite d'adieu au Ravin. De loin, Monsieur Armand avait reconnu Elisabeth et remarqué sa taille élégante. Malgré la simplicité de sa toilette, il voyait bien qu'elle avait le cachet du vrai goût. Tant d'attraits n'avaient point laissé échapper aux deux cavaliers les prévenances d'Elisabeth pour sa petite sœur, qui, ce jour là, avait tout le sérieux d'une jeune fille bien élevée. Lorsqu'ils furent près des deux sœurs, Elisabeth sentit la rougeur couvrir son front, et s'inclina gracieusement pour répondre au salut qu'on lui accordait avec tant de distinction.

En quelques minutes, Messieurs Armand et Gustave furent au Ravin, et demandèrent à être présentés à Monsieur de Soligny. Le valet de chambre les conduisit au salon en disant : « Je vais avertir Monsieur, car il a fait une promenade » avec son fils, et je sais qu'il avait l'intention de rester dans » sa chambre jusqu'à l'heure du dîner. » Mais quand on vint annoncer à Monsieur de Soligny que Messieurs Armand et Gustave de Mussy l'attendaient, il répondit avec empressement; je descends. — Effectivement ce respectable vieillard ne tarda pas à paraître, et à faire à ses visiteurs avec son urbanité habituelle, une réception charmante. On parla d'abord de Madame Champlain dont on avait appris à Bourdilly le départ précipité pour la Bretagne, et l'on s'informa de son retour. Monsieur de Soligny répondit que sa fille avait perdu sa belle-mère, et qu'ayant à peu près terminé les affaires de famille, il l'attendait prochainement. « Je ne l'au- » rai que quelques jours, ajouta-t-il avec émotion, elle vient » chercher ses filles, puis elle retourne à Paris où elle a beau- » coup à faire. » — Nous avons rencontré Mademoiselle Elisabeth et sa sœur dit Monsieur Armand avec un air satisfait.

« C'est possible, reprit Monsieur de Soligny; elles avaient résolu d'aller en se promenant, voir une malheureuse femme qui habite à l'extrémité du parc. » C'est une bien bonne enfant, mon Elisabeth, continua le vieillard ! « Nous le sa-
» vons, Monsieur, répliquèrent les deux frères. Elle a tout
» pour elle, prononça Monsieur Armand avec l'élan que donne
» la droiture du cœur. Je sais combien vous l'appréciez,
» puisque vous lui offrez votre main, reprit Monsieur de So-
» ligny avec dignité. — Il me tarde même de savoir si l'on
» m'agrée. — Je pense que dans peu de jours, vous saurez à
» quoi vous en tenir; si ma fille a donné du temps à Elisabeth,
» c'est afin, qu'elle approfondisse la grande question *du ma-*
» *riage*, et qu'elle n'agisse pas inconsidérément. » Monsieur,
reprit Monsieur Armand; « élevée comme l'a été, votre petite-fille il n'en peut être autrement. » Nous aussi allons prochainement quitter Bourdilly, c'est pourquoi nous venons vous faire nos adieux; puissions-nous vous revoir bientôt ! Dans huit jours mon frère et moi, nous serons; l'un à Avignon, l'autre à Nîmes. — Ensuite Armand et Gustave se levèrent pour saluer le vieillard qu'ils craignaient de fatiguer en restant plus longtemps avec lui.

RETOUR DE MADAME CHAMPLAIN.

On était déjà au 20 octobre, or, dix jours restaient pour attendre le 1er novembre qui est l'époque où chacun rentre au poste qu'il occupe Madame Champlain envoya une dépêche pour annoncer qu'elle arrivera le 22 à 5 heures du

soir. Cette nouvelle causa une vive satisfaction. Tous voulaient aller à la rencontre de leur sœur, de leur mère bien-
aimée. Lorsqu'Elisabeth dit : « Mon oncle emmènera les
enfants et Mademoiselle de Tourzelles, pour moi, je tiens à
rester avec mon grand-père. » Ce projet ainsi conçu, on
aspirait après l'heure de le mettre à exécution.

« Enfin tout vient à point à qui sait attendre. » Elisabeth
tint compagnie à Monsieur de Soligny, et saisit le moment
où elle put causer librement pour lui ouvrir son cœur.
« Grand-père, dit-elle : depuis le départ de maman, j'ai
» réfléchi à la question du mariage. Je n'en suis pas éloi-
» gnée, car si je la perdais, je ne pourrais seule m'occuper
» d'Abel et de Nelly ; mais encore, voudrais-je savoir, si le
» Monsieur qui pense à moi, sera pour ma famille, un fils, un
« consolateur, car je veux qu'il vous aime... » Viens mon
Elisabeth, que je te presse sur mon cœur ! tu as une âme si
élevée, que tu m'obliges à te révéler qui a demandé ta main !
— C'est, mon enfant Monsieur Armand de Nussy, ingénieur à
Nîmes. — « Se peut-il, qu'un jeune homme appelé à une belle
» fortune et si capable ait pensé à moi ? Tu sais que la Pro-
» vidence veille sur ceux qui ne lui insultent pas, et qui la
» respectent; remercie là, prie Dieu de t'éclairer, afin de don-
» ner une réponse à ta mère. Mon grand-père, c'est vous que
» je charge d'être mon interprète auprès d'elle, et de lui
» dire que je consens à m'unir à Monsieur Armand de Nussy. »

Le temps avait passé vite, et si bien que Madame Champlain arriva presque en même temps que la fin de la conversation. A sa vue, Elisabeth vola vers elle et la prit par la
main pour la mener à son grand-père qui, doublement ému,
pleura de joie. Abel suivait sa mère à laquelle il avait été
d'un grand secours.

Bien que Madame Champlain fût fatiguée , elle s'empressa de mettre son père et son frère au courant des péripéties de son voyage, de l'entente parfaite qui existait entre elle et la famille de son mari, enfin du consentement que le tuteur de sa fille avait donné avec une vive satisfaction. « Hé bien ! ma » fille tout est décidé. Ta fille m'a fait ses confidences, » tandis que tous étaient à ta rencontre ! elle m'a prié d'être » son interprète auprès de toi. — Elle a réfléchi à tout ce que » tu lui a démontré : elle n'est point éloignée du mariage » pourvu qu'elle trouve, ajouta cette chère petite , en son » mari , un consolateur pour toi, et un protecteur pour son » frère. Ainsi , Thérèse , c'est à toi d'envoyer la réponse à » Monsieur de Mussy le plus tôt possible..... ! » —Etant en grand deuil je vais prier Monsieur de Salignac de la porter

CONCLUSION DE MARIAGE.

Le lendemain après un nouvel entretien avec sa fille , Madame Champlain remarqua qu'elle avait agi avec discerne- ment, et que sa décision émanait tout à la fois de sa sympa- thie pour Monsieur Armand , et de la droiture de son esprit. — « Ainsi, reprit la mère, c'en est fait; j'écris à Monsieur le » curé pour le prier d'aller à Bourdilly à ma place? — Oui » mère, vous pouvez faire ce que vous voudrez. »

Eveillé de grand matin , Monsieur de Soligny fit appeler sa fille et lui dit : « Thérèse, j'ai réfléchi qu'il est bien plus con- » venable que j'aille rendre une visite à Bourdilly, et qu'en » même temps, je sois ton fidèle interprète, je me sens plus fort » que jamais ; ainsi, loin d'être une fatigue, cette promenade

» me fera du bien; puis, ma chère fille, la pensée de te voir ré-
» compensée de tes sacrifices, double mes forces. Mon père,
» que vous êtes bon ! mais j'insiste pour que Henri vous ac-
» compagne. Volontiers, je vais prendre mon habit noir,
» ma croix de Saint-Louis, et répondre à la demande formelle
» que Monsieur de Mussy nous à faite avec autant de délica-
» tesse que de tact. Donne des ordres au cocher, et appelle
» Louis pour qu'il prépare ma toilette. »

La matinée passa promptement, Monsieur Henri, de son
côté, s'entendait avec ses gens, et était prêt à céder au désir
de son père. A une heure la calèche attelée de deux chevaux stationnait au perron. Ces deux Messieurs y montèrent, après avoir serré la main de Madame Champlain. Une
heure et demie de route leur suffit pour arriver à Bourdilly.
Lorsqu'ils furent annoncés, Monsieur de Soligny descendit le
premier de la voiture, afin de donner la main à son père, qui
n'avait pas même pris sa canne ; ensuite ils entrèrent au
salon et y trouvèrent Monsieur Gustave qui lisait le journal.
Aussitôt il vint donner la main à Monsieur de Soligny qu'il
fit asseoir dans un voltaire ; puis il sonna pour avertir son
père. — Dix minutes se passèrent avant que Monsieur de
Mussy, occupé dans son cabinet, pût se présenter, lorsqu'il
entra au salon, il éprouva à la vue de Monsieur de Soligny,
une douce impression, et comprit que sa visite avait un dessein. Après les échanges de pensées consacrées par l'usage,
Gustave quitta le salon pour avertir son frère. Profitant de
cette diversion, Monsieur de Soligny s'approcha de Monsieur
de Mussy et lui dit les larmes aux yeux : « C'est moi, qui
supplée ma fille retenue par son deuil; je vous apporte son
consentement pour le mariage de sa fille avec Monsieur Armand; j'y joins l'approbation du tuteur de ses enfants...

Veuillez calmer votre émotion, reprit Monsieur de Mussy en prenant la main du vieillard, je n'ai rien à ajouter, si ce n'est que tout e décidé, et que Dieu en soit béni ! » au même instant, Armand entra et vint saluer respectueusement Monsieur de Soligny qu'il trouva souriant. « C'est vous, mon ami, qui serez mon petit-gendre; vous pouvez en avoir la certitude. » Vous me rendez bien heureux, veuillez l'exprimer à Madame Champlain et à Mademoiselle Elisabeth. — Certainement. — Maintenant , reprit Monsieur Henri qui voyait son père fatigué, ma sœur désire que le mariage ne se fasse qu'au mois de janvier ! » d'abord, parce que Elisabeth aura ses dix-huit » ans accomplis, puis son deuil sera un peu moins sévère, » ensuite elle tient à ce que le mariage s'accomplisse au » Ravin, et très simplement. Veuve, vous comprenez, Mes- » sieurs, que ma sœur apporte à tout ce qu'elle préside la » plus grande convenance. » Nous le savons, reprirent le père et le fils , et nous l'en félicitons. — « Ainsi, Armand , » continue Monsieur de Mussy, tu vas te mettre en mesure » pour obtenir du ministre des travaux publics, un congé de » six semaines. » — J'y compte mon père, — La joie rayonnait dans tous les regards ; et, il ne manquait plus, qu'une jeune femme pour égayer ce grand salon. En vain, pria-t-on les visiteurs d'accepter quelque chose, ils avaient hâte de retourner au Ravin et de donner à Madame Champlain ainsi qu'à sa fille, la certitude, que les dispositions qu'on avait prises, étaient conformes aux intentions maternelles de même qu'aux exigences de la bienséance.

Lorsque Madame Champlain entendit le bruit de la voiture, elle se montra au perron , pour saluer ceux qu'elle attendait avec impatience.

« Vous devez être fatigué mon père, dit-elle à celui-ci?

non , répondit-il , je suis si heureux de tout ce que j'ai vu, que je me sens plein de vie. » Le dîner et la soirée se passèrent en famille, ils eurent pour conversation, la rentrée des écoles, et le départ de ceux qui habitaient Paris. « Après » demain , dit la fille de Monsieur de Soligny, il faudra nous » séparer, père et enfants ; et j'aime à penser, dit-elle à » Monsieur de Soligny, que tu ne commettras pas d'impru- » dence, afin de voir bénir d'en haut, l'union que tu as pré- » parée pour la terre ! » Rassure-toi , Thérèse , car je me laisserai soigner et diriger par Mademoiselle de Tourzelles et Henri.

RETOUR A PARIS,

Le lendemain chacun mettait de l'ordre dans ses affaires, afin de laisser au Ravin ce qui était de la maison, et le 28 octobre à 7 heures, le signal du départ fut donné. — Tous vinrent trouver dans sa chambre, Monsieur de Soligny pour lui faire leurs adieux. Ce moment fut pénible , mais le vieillard avait tant de préoccupations à la fois , que sa sensibilité fut dominée par les autres impressions.

Comme toujours, Monsieur Henri s'était réservé le soin de conduire à la gare sa sœur et ses neveux, dont l'éloignement lui causait un véritable chagrin , il lui semblait que seule, il était responsable de la santé chancelante de son père. « A bientôt des nouvelles ! disait Monsieur Henri à sa sœur, et au même instant le cri : En voiture ! vint comme un instrument tranchant, rompre ce que sa langue avait articulé ! »

Adieu ! dit-il en faisant des efforts pour être entendu. Et, revenant sur ses pas, il retrouva sa jument qui, en peu d'instants, le ramena au château.

TRISTESSE ET ANXIÉTÉ.

On ne sera pas étonné que les habitants du Ravin trouvassent un vide immense après le départ de la fille de Monsieur de Soligny et de ses petits-enfants. Il suffit pour s'en faire une idée de chercher à se rappeler si, dans sa vie, on s'est trouvé dans un cercle nombreux qui, tout à coup, s'est réduit à sa plus simple expression.

Pendant plusieurs jours, René, Mathilde, Gabriel, cherchaient leurs cousines; Monsieur Henri surtout trouvait que sa sœur lui manquait, tandis que Monsieur de Soligny dissimulait la tristesse de son cœur, en prenant beaucoup sur soi-même. Toutefois, le travail et l'intelligence qui ne font jamais défaut, firent prévaloir la sensibilité intellectuelle sur la sensibilité morale, René s'appliquait à ses devoirs et avançait en latin; Mathilde progressait en tout, et se préparait à sa première communion par une instruction religieuse solide et éclairée. Et, Mademoiselle de Tourzelles, ne voulant pas prendre sur sa seule responsabilité la première communion de son élève, la conduisait toutes les semaines chez Monsieur de Salignac, qui lisait avec intérêt, les devoirs que cette enfant faisait sur l'histoire de l'église et sur la morale. Quant aux leçons de piano, Monsieur Henri, les ajourna après la première communion. Telles étaient l'éducation et l'ins-

truction données sous le toit protecteur du Ravin ; telles
sont encore , la sagacité et la vigilance qu'il faut y apporter,
si l'on veut profiter des avantages que procurent ces deux
bienfaits. C'est pourquoi, ces sérieuses occupations abrégeaient
la durée du temps, sans néanmoins dissiper les tristes nuages
qui assombrissaient la vie journalière du château. On avait
des nouvelles de Paris très souvent; elles étaient satisfaisantes,
et Monsieur de Soligny, ne laissait jamais partir une lettre,
sans y ajouter quelques lignes.

Fidèle à sa promesse le docteur Pinel venait tous les huit
jours au Ravin; bientôt hélas ! il s'aperçut que l'enflure
avait déjà commencé ses ravages sur les organes de Monsieur
de Soligny. Pour Monsieur de Nussy , il s'y présentait toutes
les semaines , ou envoyait prendre de ses nouvelles. Quant
aux longues soirées de novembre et de décembre , elles se
passaient comme celles de Thomas-Morus à Chelsea : avant
de faire sa partie d'échecs, Monsieur de Soligny priait son
fils de lui lire à haute voix ; soit des passages de l'art poéti-
que de Boileau ; soit une scène du père de la tragédie-fran-
çaise ; soit enfin , un chapitre du remarquable cours de
littérature de Monsieur Villemain. — Entre dix et onze
heures, la famille se séparait et chacun gagnait son appartement.

PARIS ET LE RAVIN.

Quand Madame Champlain eut repris son installation, elle
s'occupa d'abord de son fils qui entra à l'école le 5 novem-

bre. Habitué à travailler, Abel se soumit facilement aux exigences de son nouveau genre de vie. Puis, il désirait si ardemment être ingénieur, que cette pensée lui faisait accepter les sacrifices auxquels tant de jeunes gens ne peuvent se résigner. Nelly avait repris son cours, sous la direction de sa sœur, afin que sa mère fût toute aux préparatifs du mariage de sa fille.

De son côté Elisabeth voyait avec un certain serrement de cœur approcher le temps qui la séparerait de sa famille ; parfois même, cette chère enfant s'attristait, tout en laissant pénétrer dans son cœur la plus grande chose qui ait un nom dans la langue humaine, et qu'on appelle l'amour puisqu'il vient de Dieu.

Malgré ces préoccupations réelles, le trousseau de la fiancée se confectionnait, les cadeaux de famille se succédaient ; enfin, l'année 1854 s'inaugurait par la visite de Monsieur de Mussy et son fils qui, dès ce jour, fut reçu chez Madame Champlain toutes les fois qu'il s'y présenta.

Tandis qu'à Paris, tout concourait dans le but d'aplanir à la mère d'Elisabeth, les préoccupations inhérentes à la conclusion d'un mariage, Monsieur de Soligny écrivait à sa fille, et réclamait ses conseils, afin de faire préparer les appartements désignés pour recevoir la famille Prégent et les autres invités. Mais en femme prévoyante, Madame Champlain pria son père de se décharger du soin de ces dispositions sur Mademoiselle de Tourzelles qui s'en acquitta parfaitement.

Quoi qu'il en fût, Monsieur de Soligny pensait à tout, et se concertait avec son fils pour ordonner la réception qu'il voulait offrir sous le toit patriarchal de ses plus chers souvenirs. On convint d'un commun accord, que le 10 on aura à dîner la famille de Mussy à laquelle seraient adjoints Monsieur de

Salignac et le maire de Montbard ; qu'enfin, le lendemain , à
dix heures, aura lieu la bénédiction nuptiale , après laquelle
on reviendra au château. « Votre programme est simple
mon père , reprit Monsieur Henri , et en même temps très
convenable. » Après cela , votre petite-fille n'appartiendra
plus à sa mère, et encore moins à nous.

Dès ce jour, on ne songea plus qu'à la célébration du
mariage de Mademoiselle Elisabeth,

Le 13, le contrat fut signé à la fin d'un dîner donné chez
Madame Champlain , et par le ministère de M° Dupin
notaire de la famille de Mussy. Le lendemain , la famille de
Brest arriva de façon à partir de Paris tous ensemble, et
à être au Ravin à trois heures.

Aussitôt que Monsieur Henri crut entendre un bruit de
voiture , il s'empressa d'aller à la rencontre de ceux qu'il
attendait avec impatience. Lorsque les voyageurs furent au
perron, il offrit son bras à Madame Prégent qu'il introduisit,
elle et son mari auprès de Monsieur de Soligny, celui-ci fit au
tuteur de ses petits-enfants, un accueil des plus aimables.
La noble attitude du vieillard avait quelque chose d'imposant dont furent frappées Madame Prégent et sa belle-sœur,
qui eut à peine le temps de s'informer si l'on exécutait les
ordres donnés en vue de la réception du soir, et inaccoutu-
mée au château du Ravin.

A six heures, Messieurs de Mussy se présentèrent au salon,
et y trouvèrent la famille réunie ; vinrent ensuite Monsieur de
Salignac suivi du maire de Montbard. A sept heures on passa
à la salle à manger; elle aussi , avait des ornements de fête
qui contrastaient avec sa simplicité habituelle. Le service
ne laissa pas plus à désirer que la politesse de l'esprit et les
grâces de cœur. Au dessert à sa grande surprise, Elisabeth

trouva dans son assiette, cinq mille francs en or avec un billet de Monsieur de Soligny, et où elle lut : « Le cœur forme le nœud de la famille; l'amour le resserre; les vertus de ton sexe l'ennoblissent. » Ne pouvant contenir son émotion, cette chère enfant quitta sa place et vint embrasser son grand-père qui était radieux. La soirée se ressentit du cérémonial du jour, et fut animée. Madame Champlain, sachant que Messieurs de Mussy aimaient la musique, pria sa fille de jouer quelques morceaux du répertoire d'Adam ou des symphonies de Bethoven. D'une autre part, on causait, on jouait, enfin on semblait satisfait.

Lorsque l'heure où les invités devaient se retirer approcha, Madame Champlain, qui prévoyait tout, s'assit près de Monsieur Armand et lui dit : « demain, ma fille ne sera plus « à moi, veuillez m'accorder une faveur? celle de ne pas « emmener votre femme après la bénédiction nuptiale (tel « que l'usage l'admet aujourd'hui). Laissez ma fille le jour « de son mariage, au château patriarchal des Solignys ! » Ma mère, reprit Monsieur Armand, que ne dois-je pas faire pour vous ! je me soumets à ce que votre tendresse maternelle vous suggère. — A onze heures les voitures attendaient au perron, et emmenèrent les invités du Ravin à leurs demeures respectives.

LA BÉNÉDICTION NUPTIALE.

Il fallut que de part et d'autre on fût matinal, car avant la messe il y avait le mariage civil. C'est pourquoi Madame Champlain et Mademoiselle de Tourzelles passèrent une partie de la nuit à atteindre la toilette de chacun des en-

fants, et grâce à leur vigilance on n'eut rien à chercher.
A huit heures un quart , Monsieur de Soligny qui avait passé
une nuit agitée était déjà au salon, allant, venant, et tenant
son chapeau à la main. A huit heures et demie , toutes les
voitures de Bourdilly et celles du Ravin stationnaient dans
la cour d'honneur, tandis qu'Elisabeth donnant le bras à
son oncle , entrait au salon suivie de sa famille ; vinrent
ensuite Messieurs de Mussy entourés des amis qu'ils avaient
invités. Elisabeth , debout près de son grand-père , reçut les
hommages de tous avec une candeur et un naturel parfaits ;
puis, Madame Champlain, ayant dit avec une douce émotion :
« partons, » la mariée prit le bras de Monsieur de Soligny ,
ouvrit la marche , monta dans la voiture, et fut promptement
amenée à la mairie de Montbard dont les habitants revêtus de
leurs habits de fête, se rendaient au son des cloches à l'église.

Monsieur le maire ayant eu la prévenance de tenir les
registres prêts , le mariage civil fut bientôt signé ; de sorte
qu'à dix heures la mariée entrait à l'église que l'on avait
parée comme aux jours de ses plus belles solennités. Ce fut,
assistée de cœur pieux et non de curieux, (tels qu'on en voit
tant lors de ces circonstances) qu'Elisabeth , à genoux , devant l'autel, reçut en vraie chrétienne, non la bénédiction
donnée à Rebecca, à Sara et à Tobie , mais la bénédiction de
Jésus-Christ qui fit du mariage un sacrement. — Nous nous
interdisons la jouissance de reproduire l'allocution que fit le
pasteur vénéré de Montbard ; nous savons que la sensibilité exercerait trop sa puissance : Or, nous nous bornerons à dire, que
Bossuet n'eut pas mieux pensé, et Fénélon mieux dit.

A midi, tout était fini, et une heure après, la mariée, assise
près de son mari, était dans le salon du Ravin, recevant les
compliments de son entourage ainsi que de ceux des pauvres

qu'elles n'avait point oubliés, Le dîner du mariage eut lieu à Bourdilly, Monsieur de Mussy avait voulu aussi avoir sa part des honneurs de ce jour. C'est pourquoi, il quitta le Ravin à trois heures, afin de veiller à ce que tout fût en rapport avec la réception qu'il désirait faire à sa belle-fille. A six heures, les mariés montèrent dans un coupé que leur offrait Monsieur de Mussy, et partirent pour Bourdilly ; tandis que l'on attelait les voitures du Ravin, pour y conduire la famille, et Monsieur de Salignac qu'on prit à Montbard.

Vu la glace que, çà et là on rencontrait sur les chemins, il fallut au moins une heure pour arriver à Bourdilly dont les illuminations s'apercevaient à une certaine distance. Lorsqu'on fut à la maison du garde, il était presque impossible de ne pas éprouver quelque chose, de cette émotion bienfaisante que l'art procure à l'humanité. Partout on retrouvait avec la Providence, l'idée du vrai, l'idée du bien, l'idée du beau, ou plutôt l'idée de Dieu. Annoncés en même temps, Monsieur de Salignac et Monsieur de Soligny firent les premiers leur entrée au salon , et retrouvèrent dans la mariée du matin, la gracieuse Elisabeth du Ravin. — A six heures et demie, lorsqu'on fût averti de passer à la salle à manger, les jeunes époux ouvrirent la marche, et vinrent à la place d'honneur qui leur était réservée. — Le sous-préfet de Sémur ainsi que le maire s'était empressé de répondre à l'honneur que Monsieur de Mussy leur avait fait ; au reste leur valeur personnelle les rendait dignes d'être adjoints aux honorables familles dont les liens se resseraient à jamais. Le dîner fut animé par l'esprit de conversation aussi bien que par les témoignages d'une sympathie sincère. A la fin du dessert, au moment où l'on offrait du vin de Tokay on vit tout-à-coup, régner le plus grand silence, et se lever Gustave de

Nussy qui, portant ses regards sur les mariés, lut avec une diction irréprochable, un madrigal si conforme aux préceptes de Boileau qu'il respirait la douceur, la tendresse et l'amour.

Une charmante soirée finit cette heureuse journée; et à minuit Monsieur Armand qui savait que Madame Champlain avait hâte de partir à cause de son père, lui prit la main en disant : Partez, ma mère, Elisabeth et moi nous vous suivons.......

SÉPARATION.

Les jours de fête ont leur lendemain, mais il est le plus souvent attristé par une cruelle séparation. C'est ce qui arriva à Madame Champlain. Monsieur Armand désirait profiter le plus avantageusement possible du congé que le ministre lui avait accordé. Or, faire après son mariage un voyage en Italie, c'est, il nous semble témoigner de l'instruction complète qu'on a reçue : Tant de souvenirs s'attachent à cette péninsule ! Outre que la pensée est remplie tout entière ; quand on voit, Rome qui fut deux siècles avant Jésus-Christ, la capitale du monde militaire ; sous Jules II et Léon X, la capitale des arts et du goût ; enfin, Rome, qui sera toujours la capitale du monde chrétien, il y a pour ainsi dire, sous le ciel de l'Italie, partout où l'on passe un théâtre nouveau, un aspect enchanteur...

Monsieur Armand et sa femme étaient ravis à la pensée de

connaître Gênes la superbe, Venise la belle, Milan que le
savoir et la vertu de saint Charles ont consacrée dans le souvenir des cœurs pieux ; Florence, cette Athènes de l'Italie qui
concentre, pour ainsi dire, tout ce que le beau dans l'art
peut reproduire; enfin ils enviaient d'aller jusques à Naples, et
d'entendre de la bouche de ses habitants ce que naguères ils
ne pouvaient pas dire :

« Veder Napoli, et por morir.
» Voir Naples et mourir ! »

A une heure, les jeunes époux quittèrent le Ravin non sans
émotion, tandis que Madame Champlain, habituée à être
maîtresse d'elle-même, se montrait calme et résignée.
Toutefois, il y eut un moment solennel : celui où Monsieur
de Soligny, dont les forces déclinaient sensiblement, embrassa
Elisabeth et son mari, et qu'il dit : « peut-être, ne vous re-
» verrais-je plus, mes enfants; vous volez avec les ailes de la
» jeunesse, avec la puissance de la vie; et moi, qui me courbe
» vers la terre, je sens que bientôt, elle réclamera ce qu'elle
» doit recéler des mortels humains. » Adieu, soyez unis, et
vous serez heureux !.....

Un quart-d'heure après, nos voyageurs étaient à Montbard,
et prenaient le chemin de fer de Marseille.

Comme on le voit, Madame Champlain se séparait à la fois,
de ses plus chères affections ; déjà, elle avait renvoyé à Paris,
Abel qui n'avait pas un instant à perdre. Bien qu'elle eût
l'intention de rester peu de temps au Ravin, elle voulut
néanmoins, mettre de l'ordre dans la maison, et assister son
père dans le cœur duquel, il y avait un fond de tristesse,
Monsieur Henri ne la rassurait pas plus ; elle le trouvait

changé, moins actif, préoccupé, enfin morose : et cependant, ses enfants lui procuraient toute la satisfaction désirable.

NUAGES SUR L'HORIZON.

Le dimanche suivant, Madame Champlain rendit une visite à Monsieur Pinel ainsi qu'à Monsieur de Salignac auxquels elle confia ses inquiétudes. « Pour Monsieur votre père, ré-
» pondit le docteur, il y a déjà quelque temps, que son
» pouls est très mauvais, et je me propose, maintenant que
» le mariage de votre fille est accompli, de renouveler fré-
» quemment mes visites au Ravin. » Quant à votre frère, continua le docteur, il est abattu, tel que le sont les personnes qui sentant vivement, n'oublient pas le passé et devan-
cent l'avenir. « C'est vrai, Monsieur, reprit Madame Cham-
» plain ; vous raisonnez en patricien éclairé, et je ne vous
» dissimule pas, que je suis affligée à la pensée de laisser au
» château, mon père, mon frère, sous le prisme d'un horizon
» au-delà duquel n'apparaît point une étoile bienfaisante ! »

Lorsque la fille de Monsieur de Soligny eut quitté Monsieur Pinel, elle se présenta au presbytère ; mais elle eut le regret de n'y pas trouver Monsieur de Salignac. Après avoir déposé sa carte, elle revint au Ravin où l'attendait une lettre de sa chère Elisabeth. Satisfaite du bonheur que goûtait sa fille, Madame Champlain fit à haute voix, la lecture de la missive quelle avait reçue.

« Puisque mes enfants sont à Marseille, reprit Monsieur

» de Soligny, j'aime à croire qu'ils vont y rester quelques
» jours pour visiter l'ancienne cité Phocéenne et la nou-
» velle ; car, le port à lui seul, mérite les observations
» d'Armand. » Cette lettre était près d'être envoyée à Bourdilly, quand on reçut de Monsieur de Nussy un aimable au-
tographe dans lequel il donnait des nouvelles de son fils et
de sa femme, sur le point de s'embarquer pour Gênes. Le
soir, Madame Champlain écrivit à son fils, pour lui annoncer
son prochain retour à Paris, et pour le mettre au courant
des excursions des jeunes mariés. « J'appréhende mon départ,
» disait-elle à Mademoiselle de Tourzelles, car, ce sera pour
» mon père et Henri, un sujet de réflexions pénibles. Pour-
» tant, ajouta-t-elle, j'ai l'intention de revenir à Pâques, ou
» pour la première communion de ma nièce. — Quelle que soit
» l'époque, Madame, reprit l'institutrice, vous serez toujours
» accueillie avec le même empressement. »

« Lorsque Monsieur de Soligny eut connaissance des pro-
» jets de sa fille, il lui avoua sincèrement, qu'il serait bien
» séant qu'elle présidât à la première communion de Ma-
» thilde. Ton frère, Thérèse est déjà si à plaindre, il souffre
» tant de n'avoir dans son intérieur qu'une personne étran-
» gère, que tu renouvellerais ses chagrins, si tu ne venais
» servir de mère à sa fille, Cependant, il faut le dire, Henri
» a la plus haute estime pour Mademoiselle de Tourzelles ;
» mais, ne peut-il exister entre eux, ni réflexion spontanée,
» ni confidence intime.

» Hé bien ! mon père, ne vous préoccupez-pas, je ferai
» en sorte de revenir au Ravin à la mi-juin. En attendant cette
» époque, je désire qu'Henri vienne à Paris, qu'il amène
» René au collége Stanislas ; car, je me ferai une fête de re-
» cevoir mon frère et son fils. » — Ainsi se forment les projets

de la vie, avec le sourire de l'espérance qui se montre aux
humains avec une voix enchanteresse ; ainsi furent prises
les décisions de la famille de Soligny, avant de se séparer
d'une fille et sœur au sens moral de laquelle tous rendaient
justice.

VISITE DE MONSIEUR DE SALIGNAC.

Pressentant le départ de Madame Champlain, Monsieur le
curé vint le lendemain rendre visite au château. Il fut reçu
par Monsieur Henri, et fut frappé de l'altération de son visage.
« Vous voyez, dit ce dernier à Monsieur de Salignac, je suis
» seul au salon, parce que ma sœur prépare ses colis pour
» son départ, et que mon père est resté dans sa chambre,
» afin d'écrire à nos jeunes touristes. Néanmoins, je vais
» vous conduire près de lui. — Volontiers, reprit le pasteur ;
» mais avant, je veux que vous sachiez tout ce que je pense
» de votre fille dont les dispositions pour sa première com-
» munion, ne laissent rien à désirer. Puis, cette chère enfant
» reçoit de Mademoiselle de Tourzelles, une instruction reli-
» gieuse si éclairée, qu'il est impossible, qu'elle ne com-
» prenne pas l'importance de l'acte auquel on la prépare.
» Et ce qui fait mon admiration, continua Monsieur de Sa-
» lignac, c'est que, Mathilde discerne que le christianisme ne
» consiste point dans des questions métaphysiques, ni dans
» une piété alambiquée, au contraire, dans des actes positifs
» aussi bien que dans la pratique des vertus qui doivent con-

» courir à un bonheur impérissable. — C'est vrai répliqua
» Monsieur Henri, je suis très satisfait de la manière dont
» l'éducation de ma fille est dirigée ; au reste, il faut que
» cette chère petite ait, plus que toute autre une raison pré-
» coce, afin d'être par la suite, le modèle de la femme chré-
» tienne et de la femme du monde. Pour obtenir d'aussi
» heureux résultats, ajouta Monsieur de Salignac, vous êtes par-
» faitement compris et secondé ; car l'on retrouve en l'esprit
» et la vertu de Mademoiselle de Tourzelles, la gouvernante
» que Louis XIV choisit pour les enfants de France, la du-
» chesse de Montausier. » Au même instant, Madame Champlain descendit, et pria gracieusement, Monsieur de Salignac de venir voir son père. — « Je vous retrouverai, reprit
» Monsieur Henri, et je vous laisse avec ma sœur. »

Lorsque Monsieur le curé fut annoncé, Monsieur de Soligny
se leva, et le reçut avec sa politesse habituelle malgré l'affais-
sement que l'on remarquait dans ses mouvements.

On parla d'abord du voyage de ses petits-enfants ; voyage
auquel Monsieur de Salignac applaudit au point de vue moral
et intellectuel. Madame Champlain, disait qu'elle était enchan-
tée que sa fille parcourut cette contrée illustrée par des génies
qui se sont rendus célèbres dans tous les genres, lorsqu'elle
fut mandée par un domestique qui, pour ne pas troubler le
vieillard, dissimula que Monsieur Henri s'était trouvé fatigué
en allant au rendez-vous donné à son garde. Madame Champlain courut vers son frère, lui fit recouvrer ses esprits, et le
décida à se coucher. — Je vais, dit-elle, faire appeler le
docteur tout de suite ; précisément ce dernier était à dix
minutes du château, quand il rencontra le domestique qu'on
avait envoyé vers lui.

LE MALADE.

Aussitôt après être descendu de voiture, Monsieur Pinel courut à la chambre de Monsieur Henri qu'il trouva avec la fièvre, et beaucoup d'oppression. « Vous aurez eu un re-froidissement, dit le docteur, je vais vous soigner énergique-ment afin d'éviter une pleurésie. » Calme-toi, Henri, reprit Madame Champlain, je ne partirai pas demain. « Madame, reprit Monsieur Pinel, je n'ai aucune inquiétude, seulement j'ai pour habitude de mettre en pratique le précepte d'Ovide : »

» Opposez-vous au mal avant qu'il s'enracine ;
» En vain, oppose-t-on, l'art de la médecine. »

C'est pourquoi je ne doute pas que l'application des sang-sues n'opère le changement que j'espère constater dans vingt quatre heures. Or, Madame Champlain se mit en devoir, de faire à la lettre ce que le docteur avait prescrit et de préve-nir Mademoiselle de Tourzelles, afin qu'elle avertît les en-fants que leur père était souffrant. Après avoir fait ses recom-mandations pour la nuit, Monsieur Pinel passa chez Monsieur de Soligny qui causait sérieusement avec le digne pasteur de Montbard. « Je suis enchanté de vous rencontrer ici, dit le docteur, car il m'est agréable de vous offrir une place dans ma voiture. » — J'en profiterai, reprit Monsieur le curé. — Après avoir demandé à Monsieur de Soligny quelques nouvelles de sa santé, Monsieur Pinel dit qu'il était venu au château dans un moment très opportun, puisque Monsieur Henri avait été obligé de prendre le lit. « Comment ! s'écria Monsieur de Soligny, » Henri est malade ! du reste, il maigrit, depuis quelque temps, il s'affaiblit. « Ne vous préoccupez- » pas, continua Monsieur Pinel, demain matin, je serai ici à sept » heures, et je suis sûr de trouver dans le malade un change- » ment notable. Vous voyez, répliqua Monsieur de Soligny, que » j'ai raison de m'attrister, Messieurs, en réfléchissant à l'exis- » tence future de mon fils ! Jusqu'à un certain point répon- » dirent-ils ! Ce que vous souhaitez, reprit Monsieur de Sali- » gnac, n'est pas irréalisable; puis se tournant vers le docteur : » Monsieur de Soligny, ajouta-t-il, désire ardemment que son » fils se marie ; il lui pressent pour l'avenir dans le monde, » des embarras de position susceptibles de faire naître le dé- » couragement dans son cœur, où l'honneur et la délicatesse y » sont gravés en caractères ineffaçables

» Lorsque je ne serai plus, il faudra qu'il partage avec sa » sœur le modeste héritage de nos aïeux ; et jamais Henri ne » consentira à faire son habitation d'une terre dont il ne se- » rait, en quelque sorte, que le gérant. Puis, mon fils sait que » Dieu a dit : malheur à celui qui vit seul ! que l'égoïsme » rétrécit l'âme, et qu'il anéantit les nobles qualités dont » la nature l'a dotée ! C'est pourquoi, Messieurs, je désire » que mon fils se remarie. — Nous sommes touchés, repri- » rent Monsieur de Salignac et le docteur, de la confiance que » vous nous témoignez, car vous vous épanchez tel qu'on le » fait à un ami véritable... Mais, pour le moment, il faut » attendre que Monsieur Henri soit rétabli, afin que vous voyiez » ce qu'il pense à cet égard et que vous envisagiez, si une al- » liance serait un moyen efficace pour attacher votre fils à la vie

» de laquelle il n'a connu, jusqu'à présent, que les tribulations.
» Quant à ce soir, Monsieur, il faut dîner comme à votre ordi-
» naire et prendre à onze heures, la potion que je vous ai
» prescrite, de façon à passer une bonne nuit.» Ensuite Monsieur
le curé et le docteur prirent congé de Monsieur de Soligny.

ENTRETIEN DU DOCTEUR ET DE MONSIEUR DE SALIGNAC.

Bien que la distance du Ravin à Montbard demandât peu
d'instants, elle permit néanmoins à l'excellent pasteur et au
docteur, d'échanger quelques pensées touchant la communication que leur avait faite Monsieur de Soligny. « Il pense
sagement, dit Monsieur Pinel; que deviendra son fils dans un
temps plus ou moins éloigné, lorsque la terre de famille aura
passé entre les mains d'un acquéreur, et que la part sera
répartie à chaque membre de la famille? En admettant, reprit
Monsieur de Salignac que Monsieur Henri se fixe à Paris sur le
prétexte de surveiller ses fils, et de compléter l'éducation de
sa fille, il aura trop de loisir pour ne pas se laisser découragé
par l'isolement, ou entraîner par des amis qui le tireront de
sa solitude, pour le faire participer à des distractions dont il
sortira étourdi, plutôt que satisfait... Savez-vous, docteur,
que nous abordons une question très grave; car, outre le mariage en soi, il y a à considérer les inconvénients d'une belle
mère, à peser le pour et le contre, afin de ne pas regretter
d'avoir abusé de la confiance de Monsieur de Soligny. Nous

reparlerons de cela, dit Monsieur de Salignac, en remerciant Monsieur Pinel qui le conduisit à sa porte. — En attendant, veuillez demain me faire savoir des nouvelles du malade. » Vous pouvez y compter, répondit gracieusement le docteur qui salua malgré l'impétuosité de son cheval.

TACT ET DÉVOUEMENT.

Il n'est pas surprenant que la fin de la journée et la nuit parussent longues aux habitants du Ravin. Monsieur de Soligny avait trouvé son fils si fatigué après le départ du médecin, qu'il dit à sa fille : « Je me dispenserai de dîner, c'est moi qui resterai auprès d'Henri, tandis que tu te joindras à Mademoiselle de Tourzelles et aux enfants. » « Hé bien ! mon » père dit Madame Champlain, vous dînerez dans votre cham- » bre ; je ne veux pas que vous restiez sans vous réconfor- » ter, je ne descendrai pas que je ne vous aie vu faire votre » repas habituel, ou plutôt, si vous voulez, je le partagerai avec » vous, afin d'être ensuite toute à Henri et de lui appliquer » les sangsues. » Va, ma fille, avertis Mademoiselle de Tour- zelles, de bien vouloir nous excuser et de nous remplacer à la salle à manger.

« Soyez tranquille, j'y vais, et reviens avec vous dans un quart-d'heure. » Effectivement, tout se prépara promptement et s'exécuta de même. Quand Mademoiselle de Tourzelles eut prévu le moment, où Madame Champlain devait être près de son frère, elle vint trouver Monsieur de Soligny et lui dit :

« Les enfants s'amusent et s'occupent dans leur chambre ;
ils sont très sages et m'envoient près de vous pour passer la
soirée , car ils seraient affligés de vous savoir seul. Je suis
vraiment touché de leurs attentions pour moi Mademoiselle,
je reconnais que vous développez leurs facultés avec l'ascendant de l'éducation morale, avec la puissance de l'éducation
du cœur. — D'ailleurs, ajouta Monsieur de Soligny, de l'impulsion qu'on donne à l'esprit et aux sentiments, émanent par
la suite, les généreuses ou les mauvaises passions. — Tout
est là ; les passions, ces émotions involontaires qui agitent
l'âme, doivent être dirigées par une mère ou un professeur,
de manière à établir entre la raison qui éclaire, et le désir
qui entraîne une harmonie parfaite, d'où découle le sentiment de la justice, la loi sacrée du devoir, la religion du
souvenir......... »

Malgré l'inquiétude que causait l'état de Monsieur Henri,
dix heures sonnèrent plus tôt que Monsieur de Soligny ne s'y
attendait, Mademoiselle de Tourzelles lui souhaita le bonsoir,
et envoya à sa place le domestique qui était chargé de son
service.

Puis frappant à la porte du malade, elle pria Madame
Champlain de lui donner des nouvelles de son frère, et se
mit à sa disposition pour lui venir en aide pendant la nuit
« Henri est très calme, répondit Madame Champlain, le
» sangsues vont je crois opérer l'effet que le docteur en
» attend. Il dort. — Merci de votre obligence, j'espère passer
» une nuit paisible, près de mon malade. » Après s'être
serré la main, ces deux dames se dirent : A demain !

Le lendemain à sept heures le docteur était près du malade qu'il trouva mieux. La fièvre avait perdu de son inten-
sité ; le pouls était meilleur la respiration libre. « Je sui-

» content de vous, dit Monsieur Pinel à Monsieur Henri, vous
» m'avez bien écouté. Voilà mon second docteur, reprit ce
» dernier (en montrant sa sœur). » Une nouvelle ordonnance
fut prescrite ainsi que le plus grand calme. Ensuite Monsieur
Pinel prit la main du malade, la serra cordialement, et s'é-
loigna en disant : à bientôt. » Ne m'accompagnez pas, dit-il,
à Madame Champlain ; « tranquillisez-vous, et prenez du
» repos. Seulement, accordez-moi la permission de frapper à la
» porte de Monsieur de Soligny. » Vous me ferez plaisir reprit-
elle en saluant le docteur. Monsieur Pinel trouva le vieillard
très faible, surtout triste. « Je vous apporte de bonnes nou-
» velles, Monsieur : votre fils va bien relativement à hier. Il a
» passé une bonne nuit, et j'ai obtenu dans la maladie, un
» changement notable, c'est pourquoi, je viens vous rassurer
» et vous engager à porter vos pensées sur vos jeunes mariés,
» vous éprouverez une impression salutaire, car vous avez la
» certitude qu'ils sont heureux. — Pour cela reprit Monsieur de
» Soligny, il ne faudrait pas avoir d'autres inquiétudes. Tou-
» tefois, je vous remercie de vos affectueux conseils. » Au
même instant se présentait Mademoiselle de Tourzelles qui
avait passé une nuit agitée ; et, rassurée par ce que le docteur
avait constaté, elle comprit que le danger avait été évité.
« Je me mets, dit-elle à Madame Champlain, à votre disposition, pour vous seconder. » — Merci Mademoiselle, vous
ne pouvez pas me remplacer auprès de notre malade, mais
plutôt près de mon père et de Nelly.

Ainsi autorisée Mademoiselle de Tourzelles se fit un devoir
de penser à tout, afin d'épargner à la sœur du malade, un
excès de fatigue. Dans le milieu du jour Monsieur de Soligny
vint s'installer dans la chambre de son fils, et exigea de sa
fille qu'elle prit un peu d'air. La journée fut calme, Monsieur

de Soligny vint s'installer dans la chambre de son fils, afin
de permettre à Madame Champlain de s'occuper de ses affaires, et permit aux enfants de venir embrasser leur père qui
fut enchanté de les voir. Pour la nuit, on prépara ce que le
docteur avait prescrit, et Madame Champlain, ne croyant pas
nécessaire de veiller son frère, fit coucher dans sa chambre,
un vieux serviteur de la famille.

Monsieur Pinel ne fit point sa visite le lendemain matin tel
qu'on le croyait ; il avait réfléchi qu'il était préférable d'attendre l'approche de la nuit, afin de mieux juger de l'état du
malade. Le docteur ne vint donc au Ravin, qu'à six heures.
« Vous voilà tiré d'embarras, dit-il au malade, je vous per-
» mets instantanément un bouillon ; demain matin, un po-
» tage, et le jour suivant deux ; mais, je vous défends de
» vous lever. »

« Docteur, reprit Madame Champlain, dans quelques jours,
» je vois qu'Henri entrera en convalescence, et que je pour-
» rai retourner à Paris prochainement. » En attendant, au
revoir dans trois jours.

Avant de quitter le château, Monsieur Pinel voulut faire
une petite visite au père du malade qu'il trouva moins affaissé
néanmoins aussi triste que la dernière fois, — « Je vois,
» que vous ne suivez pas mes conseils, dit le docteur ; je le
» regrette Monsieur. D'ailleurs, votre esprit est semblable à
» l'atmosphère qui nous environne : de même qu'en ce mo-
» ment, le soleil est constamment au-dessous de l'horizon,
» de même de tristes souvenirs que rappelle la maladie de
» votre fils, vous font remonter à un passé qui émeut vos
» sentiments, ébranle vos organes. — Je veux, Monsieur, que
» vous preniez l'air tous les jours ; ne serait-ce qu'une demi-
» heure. » A bientôt, dit le docteur en saluant Monsieur de
Soligny. — Il s'éloigna.

UNE LETTRE DE FLORENCE.

Si Madame Champlain était au prises avec les effusions de l'amour maternel, sa fille qui lui écrivait de Florence, appréciait de plus en plus, l'époux que Dieu lui avait choisi ; aussi l'en remerciait-elle tous les jours ! Ici, il ne s'agit pas de cet enthousiasme qui met l'âme hors de sa situation ordinaire ; mais de ces joies légitimes et pures qui entretiennent la vie morale, la vie du cœur. Florence faisait l'admiration de Madame Armand et de son mari. Ils éprouvèrent même, un sentiment de reconnaissance envers les personnes qui avaient dirigé leurs études, et fait comprendre que l'*Histoire Littéraire* est le flambeau du genre humain. — Ainsi, Elisabeth et son mari furent ravis de retrouver en Florence, la patrie des poètes classiques, et des génies artistiques. Ils se rappelèrent, qu'à l'Athènes de l'Italie, se forma au XIIIe le *Vulgaire illustre* sous l'influence du génie du Dante malheureux, et celle de la muse sentimentale de Pétrarque.

Bien qu'Elisabeth fût dans le ravissement, elle n'oubliait personne, et l'amabilité de son cœur avait un langage pour tous ceux dont elle était séparée.

LA CONVALESCENCE.

Cette missive exerça une heureuse influence sur le moral de Monsieur de Soligny; l'espérance de revoir ce jeune couple, lui faire entendre le récit de l'un des plus charmants voyages que puisse réaliser l'homme éclairé, ranima les forces du vieillard. Il promit même de faire une promenade quotidienne, et le plus souvent, il priait Mademoiselle de Tourzelles de l'accompagner, afin de joindre à cet exercice obligatoire les agréments d'une causerie inspirée par la sympathie.

Madame Champlain voyait d'un œil satisfait les témoignages de confiance accordés par son père à l'institutrice de ses petits-enfants, de sorte qu'elle fit ses préparatifs de départ, avec moins de tristesse dans le cœur que les autres fois. De son côté, Monsieur Henri se trouvait bien mieux, et quand arriva le jour que le docteur avait indiqué pour sa visite, il fut très content d'entendre Monsieur Pinel constater son état de convalescence.

« Vous pouvez, dit celui-ci, prendre des aliments, vous lever, sans toutefois négliger d'user des précautions qu'exige la transition de la maladie à la santé. Puis, continua Monsieur Pinel en s'adressant à Madame Champlain, vous avez votre liberté. » — Merci docteur, je vais profiter de votre permission pour rejoindre mon fils. — « Aussi recevez mes remercie-
» ments pour les soins dévoués que vous avez donnés à mon

» frère, car demain à midi, je quitterai le Ravin. Vous me
» reverrez à la première communion de Mathilde, et j'espère
» que vous serez assez dévoué pour penser, sinon aux solitai-
» res de Port-Royal, mais à ceux du Ravin. — Soyez persuadée,
» Madame, que je suis toujours prêt à leur rendre service, de
» quelque manière que ce soit. »

On touchait à février, à ce moment où la terre tremble
sous la neige qui préserve de la gelée les germes qu'elle
recèle.

Déjà le soleil éclaircissait l'horizon et donnait l'espoir de
voir revenir le printemps. — Tout cela excitait Monsieur
Henri à redoubler d'activité dans un but d'amélioration pour
la terre du Ravin. — Pour Monsieur de Soligny, qui naguère,
s'intéressait à tout, il se montrait indifférent, sans cependant
que ses facultés intellectuelles eussent perdu de leur vigueur
— Or la situation actuelle offrait un contraste ; d'un côté, la
puissance solaire étendait chaque jour, l'un de ses effets ré-
générateurs ; de l'autre, l'hiver de la vie semblait s'appesantir
sur le vieillard du château.

VISITE DE REMERCIEMENT.

Pourtant Monsieur Henri fût bientôt rétabli. Ses premières
visites furent au docteur et à Monsieur de Salignac que ses
nombreuses occupations avaient privé de voir depuis quelque temps. Le docteur trouva que son malade avait meilleur
visage qu'avant sa maladie et il l'engagea à reprendre
malgré l'hiver sa vie active.

« Il le faut bien, docteur, répondit Monsieur Henri, la terre
» de mon père a une certaine étendue, et exige ma surveil-
» lance, car les intérêts m'en ont été confiés. Je vois, conti-
» nua Monsieur Henri, que j'abuse de vos instants et, comme je
» le regretterais, je vais vous quitter ; mais avant, promettez-
» moi, docteur, de venir dîner au Ravin le 12 février. Ce sera
» le dimanche gras. — En attendant que j'aie cet honneur,
» reprit Monsieur Pinel, je vous recommande de la prudence
» et de la vigilence pour votre père. »

A son tour, Monsieur de Salignac fut très heureux de recevoir Monsieur Henri, il le trouva mieux qu'il ne le pensait
et lui en fit compliment. Après avoir donné des nouvelles de
tous, Monsieur Henri ajouta : « Thérèse est partie, et j'avoue
» qu'elle nous laisse un vide qui nous désole. Je le com-
» prends, reprit Monsieur le curé ; mais, reprit Monsieur
» Henri, je serais coupable d'aimer ma sœur en égoïste, au
» lieu que je la dois prendre pour modèle. — Malheureuse-
» ment, je ne possède pas cette force morale à laquelle elle
» peut attribuer l'estime dont elle est entourée, ainsi que les
» consolations que lui procurent ses enfants. Ce n'est pas,
» repliqua Monsieur de Salignac, que la force morale vous
» fasse défaut, mais par moments, vous ressemblez à l'ambi-
» tieux qui, mécontent du sort que la Providence lui a fait,
» met en jeu tous les ressorts des passions pour saisir le bon-
» heur après lequel il soupire, mais ce bonheur, lui échappe
» toujours.... Jusqu'à présent, vous avez été malheureux, et
» c'est pour cette raison, que vos désirs enchaînent votre li-
» berté, parce qu'il vous manque la possibilité ou la volonté
» d'accomplir ce que suggère la morale de l'intérêt. Je souhaite
» pour vous un poste analogue à celui que vous occupâtes avant
» 1848, et un intérieur heureux ; voilà ce que je demande à

» Dieu pour votre quiétude et votre satisfaction, j'en ai déjà
» touché quelques mots à Monsieur de Soligny, qui désire ar-
» demment que vous vous marier. »

« L'isolement qu'il entrevoit dans l'avenir autour de vous,
» l'effraie ; c'est pourquoi, nou avons parlé ensemble de ma-
» riage, sans nous dissimuler les obstacles que vous rencontre-
» rez, si vous ne faites des concessions, et de grandes ! — Je
» le sais, Monsieur le curé, et me propose d'examiner avec mon
» père cette grave question. » A peine Monsieur Henri avait
il achevé sa phrase, que le sacristain vint prier le bon pasteur de venir consoler un malade. Aussitôt nos deux interlo-
cuteurs se levèrent, laissant apercevoir une mutuelle satisfaction.

ENTRETIEN ENTRE MONSIEUR DE SOLIGNY ET SON FILS.

Lorsque Monsieur Henri rentra au Ravin il était tard, car
on sonna le dîner, presque tout de suite. — « As-tu été heu-
» reux dans tes visites demanda Monsieur de Soligny à son fils ?
» As-tu appris quelque nouvelle à Montbard ? Rien, répondit le
» fils, si ce n'est que le sous-préfet de Sémur est très malade,
» le docteur appelé en consultation le trouve en danger. —
» Pendant ton absence, continua le vieillard, j'ai reçu la visite
» de Monsieur de Mussy. Il m'a communiqué une lettre, qu'il
» a reçue d'Armand ; lettre datée de Tivoli, et qui est aussi

» charmante que les épîtres de l'aimable Horace dont il me
» parle. Au reste, Armand dit qu'il a vu la villa où ce poète
» improvisait des odes dans lesquelles respirent la délica-
» tesse et la grâce, Monsieur de Mussy a regretté de ne pas
» te rencontrer, et je lui ai annoncé ta visite dans quelques
» jours.

» Mon père, dit Monsieur Henri j'ai causé longuement avec
» ledocteur et avec Monsieur le curé; l'un et l'autre sont dé-
» solés de vous voir pensif, rêveur, au point de nuire à vo-
» tre santé.

» Se pourrait-il que j'en fusse la cause involontaire ? ces
» Messieurs m'ont fait entrevoir l'isolement que vous appré-
» hendez pour moi dans l'avenir, la décision qu'il me faudra
» prendre, quand aura lieu le partage de l'héritage que vous
» laisserez à ma sœur et à moi ; enfin, Monsieur de Salignac a
» déclaré que vous désirez de me voir penser au mariage.

» Tout cela est exact, je ne puis te le céler : qu'en penses-
» tu Henri? Mon père, je partage vos inquiétudes, et ne vous
» dissimule pas que par instants, je cherche à déchirer le voile
» sous lequel la Providence dissimule ses desseins ; je n'ai pas
» la sagesse de me dire. — A chaque jour suffit sa peine !
» Je comprends aussi que mon âge, la responsabilité de
» trois enfants, et une fortune médiocre me ferment l'entrée
» de bien des familles : une jeune femme sans dot même ne
» m'acceptera pas ; elle pressentira mener une vie trop sé-
» rieuse. Une autre élevée pour la famille, s'effraiera de la
» tâche de belle-mère : » Comme vous le voyez, repartit
Monsieur Henri, nous nous sommes égarés dans un syllogisme
dont nous ne savons pas déduire la conséquence. « Tu te trom-
pes car je l'ai trouvée : Elle réside dans une demande de mariage à Mademoiselle de Tourzelles. » — J'y avais déjà pensé :

» — Hé bien ! examinons la question sous tous les points de
» vue. — Nul doute, continua Monsieur de Soligny, que Made-
» moiselle de Tourzelles n'a pas de dot ; car il faut être dés-
» héritée de bien matériels pour se consacrer à une profession
» qui exige des sacrifices de tout genre, sans compter qu'elle
» altère la santé ; mais la personne qui sert de mère à tes en-
» fants, a un savoir éclairé, une intelligence supérieure qu'elle
» ennoblit par un dévouement plein de tact et de délicatesse.
» Tout cela forme un fonds dont tu lui paieras un intérêt rai-
» sonnable. — Maintenant, supposons qu'une femme de condi-
» tion, parfaitement bien, t'accepte pour époux ; qu'elle ait
» même quelque fortune, saura-t-elle apprécier l'éducation que
» tes enfants ont reçue ? ne préfèrera-t-elle pas, sous prétexte
» d'économie ou d'émulation, placer sa fille dans une pension
» dont le plus souvent, l'esprit de parti, plutôt que la solidité
» de l'enseignement fait la réputation ? D'où vient qu'aujour-
» d'hui le luxe et la vanité n'ont plus de bornes, si ce n'est
» qu'on néglige une partie intégrante de l'éducation ; d'abord
» celle d'apprendre à chacun à rester à sa place, ainsi que la
» connaissance du monde et de ses exigences. — Ta fille, à
» qui l'on a inculqué les principes d'une vraie piété, de
» cet esprit du christianisme qui élève et satisfait l'âme, ne
» sera-t-elle pas exposée à de fines railleries, parce qu'elle ne
» manifestera pas de dévotion pour une multitude d'exercices
» auxquels son âme et son cœur demeureraient stériles ? Vois
» maintenant ce que tu dois faire ; puisque tu connais toutes
» les péripéties d'une situation embarrassante ? Mon père, je
» vous prie d'aborder cette grave question avec Mademoiselle
» de Tourzelles. — Vous verrez les objections qu'elle
» opposera. »

Cet entretien chaleureux fut suivie du dîner et de la

soirée qui se passèrent comme à l'ordinaire, on parla des affaires du jour et du jeune ménage qu'on suivait par la pensée à Saint-Pierre de Rome ou au Vatican; on les voyait en admiration devant la transfiguration de Raphaël et la communion de saint Jérôme, du Dominiquin. Sur ces chefs-d'œuvre, chacun donna son appréciation, et l'on enviait les pures jouissances des nouveaux mariés. — « Henri, dit » Monsieur de Soligny, je désire que tu rendes une visite à » Bourdilly; Monsieur de Mussy a été si attentionné pour toi » pendant ta maladie, qu'assurément, il lui sera agréable de te » voir. » — Vous avez raison, mon père, je décide d'y aller demain, et de partir aussitôt après le déjeuner, parce que j'ai affaire à Sémur.

Le lendemain, 2 février, Monsieur Henri fit travailler René toute la matinée, même Gabriel, car Mademoiselle de Tourzelles avait tenu à ce que Mathilde ne manquât pas la messe, puisque c'était la purification de la sainte Vierge. Monsieur de Soligny voulant gâter ses petits-enfants, témoigna le désir qu'ils eussent congé l'après-midi, si toutefois on était content d'eux. Comme il était de toute justice de récompenser René, Mathilde et Gabriel, on accorda ce que le grand-père désirait, « Je veux, ajouta-t-il, qu'avec la voiture à âne, Louis vous » conduise porter dix francs à la malheureuse famille que vo- » tre cousine Elisabeth soulageait avec tant de bienveillance. » Oui grand-père, répondirent les trois enfants, et nous som- » mes bien contents; c'est moi qui conduirai dit René; et » bien, encore..... »

VISITE DE MONSIEUR DE SALIGNAC.

A une heure le père et les enfants s'éloignaient du château chacun de son côté, tandis que Mademoiselle de Tourzelles s'installa dans sa chambre avec le désir d'écrire aux amis dont elle cultivait l'amitié. — Chemin faisant les enfants rencontrèrent Monsieur le curé qu'ils arrêtèrent pour lui dire bonjour, et lui raconter que leur bon grand-père avait obtenu un congé pour eux. « Nous avons dix francs à porter » à la mère César, dit le petit Gabriel avec l'expression d'un » cœur charitable, c'est moi qui les tiens ! C'est bien, c'est » bien ! mes enfants, répondit Monsieur de Salignac, » — au revoir ! et l'âne aiguillonné par le froid, se mit à galoper....

Un quart-d'heure après, le pasteur de Montbard était dans le salon avec Monsieur de Soligny qui l'accueillit avec l'empressement d'une personne dont on attend une bonne nouvelle. « Vous avez été bien inspiré de venir me voir, Mon- » sieur, car je suis seul, Henri est à Bourdilly, et Mademoi- » selle de Tourzelles prend un peu de repos.

» Puisque nous sommes en tête à tête, j'éprouve le be- » soin de recourir encore au discernement de même qu'à la » sincérité de l'attachement dont vous m'avez tant de fois » donné des preuves. De quoi s'agit-il donc reprit Monsieur

» *de Salignac?* Il s'agit qu'Henri a pris la résolution de se
» remarier.

» Après avoir envisagé toutes les difficultés de sa situation,
» il a compris d'une part, le sacrifice que sera obligée de faire
» la femme qui s'unira à lui ; de l'autre, ceux que lui imposent ;
» et son peu de fortune et la responsabilité de sa famille ; c'est
» une mère qu'il faut à ses enfants, bien qu'ils n'en aient jamais
» goûté les tendresses. — C'est pourquoi, mon fils a choisi Ma-
» demoiselle de Tourzelles. Je trouve que votre fils a rai-
» son. — Mais, répondit le vieillard, il faut connaître ses in-
» tentions, et c'est à vous, Monsieur que je laisse le soin d'en
» avoir la confidence. Avec grand plaisir répondit le pasteur.
» — Et si vous permettez, je vais profiter de ce que Mademoi-
» selle de Tourzelles est libre pour lui faire une visite parti-
» culière. — Je vous en serai très reconnaissant continua Mon-
» sieur de Soligny qui, ébranlé par la révélation de secret
» que son cœur célait depuis longtemps, fut obligé de pren-
» dre un peu de Malaga pour prévenir une défaillance. »

« Vous le permettez, dit Monsieur de Salignac ; » pendant
que le domestique va rester près de vous, je vais m'acquitter
d'un devoir de convenance auprès de Mademoiselle de Tourzelles.

<hr />

UNE DEMANDE FORMELLE.

Monsieur de Salignac trouva l'institutrice des enfants du château écrivant à une tante qui l'avait toujours affectionnée. « Mademoiselle, je crains par ma présence, de dérober des instants précieux que vous consacrez à vos affaires personnelles. Monsieur, je finirai ma lettre ce soir, car je ne voudrais pas avoir à regretter votre visite. — C'est précisément parce que je désire vous voir seule, que j'ai profité du congé de vos enfants.

« Outre Mademoiselle, la vive satisfaction que j'ai à goûter le charme de votre conversation, je viens en ce moment, vous faire une proposition de mariage pour Monsieur Henri de Soligny. Quand on a votre expérience, il est inutile de recourir à un langage allégorique; il est plus digne d'aborder la question avec clarté et sincérité. »

« Monsieur, j'avoue que vous me troublez, car je n'ai rien qui puisse répondre aux conditions de mariage que Monsieur Henri peut espérer. — Il appartient à l'une des familles les plus honorables de notre époque; sans la révolution de février, il serait un des « fonctionnaires les plus haut placés; » de plus, la noblesse de son caractère aussi bien que sa conduite passée, est trop digne d'éloges pour qu'une femme de condition et douée des qualités qui honorent notre sexe, ne

» soit pas fière de s'unir à Monsieur Henri de Soligny. Il
» ignore sans doute, que deshéritée par ma famille ; que, seule
» pour me faire une position, il m'a fallu en subir tous les
» sacrifices, toutes les épreuves, en essuyer toutes les dé-
» ceptions. — Assez, Mademoiselle, je ne veux point vous
» arracher de ces aveux qui font verser des larmes ; mais je
» tiens seulement à être l'interprète de Monsieur de Soligny
» et de son fils. — Mademoiselle, vous savez comme moi, que
» la situation influe beaucoup sur notre caractère, et sur nos
» opinions. Pourquoi trouvez-vous surprenant que Monsieur
» Henri, se soit laissé captiver par votre noble cœur et par
» l'ascendant de la faculté par excellence ! Ah ! Monsieur le
» curé, reprit son interlocutrice depuis que je vis au milieu
» du monde, j'ai eu tant d'occasions pour constater que Boi-
» leau eut raison de dire dans sa cinquième épitre :

> » L'argent, l'argent ! sans lui tout est stérile,
> » La vertu sans argent, n'est qu'un meuble inutile ;
> » L'argent en honnête homme, érige un scélérat,
> » L'argent seul au palais, peut faire un magistrat. »

« Que j'ai compris qu'il ne devait pas y avoir d'exception
» pour moi. Ce serait vraiment par trop honteux reprit Mon-
» sieur de Salignac, de penser qu'il en fût ainsi pour tous.
» N'a-t-on pas vu, en 1816, le duc de Broglie épouser la fille
» de Madame Staël, parce qu'elle avait une intelligence supé-
» rieure rehaussée par la pratique des vertus qui sont la
» source du bonheur de la famille ? D'ailleurs, Mademoi-
» selle, je ne cherche point à exercer de l'influence sur vos
» facultés. — J'ai voulu tout simplement, vous donner un
» nouveau témoignage de l'estime et du respect qui vous sont
» acquis à jamais. » — Ensuite, Monsieur de Salignac se leva,
et salua Mademoi selle de Tourzelles avec un tact parfait.

Le temps avait passé vite, or, monsieur le curé se contenta de dire au père de Monsieur Henri, qu'il s'était acquitté de sa mission, en ajoutant : « ménagez, vos forces. »

A cinq heures, les enfants rentrèrent gais et satisfaits de leur promenade dont ils racontèrent les incidents, à leur grand-père. Pour Monsieur Henri, il revint précisément à l'heure du dîner, quelques minutes avant, Mademoiselle de Tourzelles était descendue pour voir ce que devenaient René, Mathilde et Gabriel, et pour se joindre au salon à Monsieur de Soligny.

Le dîner fut animé par la conversation de Monsieur Henri qu'on avait accueilli très amicalement à Bourdilly. — « Monsieur de Mussy, dit-il, a reçu de son fils une lettre de Rome, et dans laquelle, nos chers touristes s'expriment ainsi : »

« Plus ma femme et moi, dit Armand, avançons sur le » territoire où s'est accomplie la destinée d'un peuple dont la » capitale fut la déesse des terres et des nations, plus nous » éprouvons d'admiration. »

« Monsieur de Mussy, ajouta le père de René, a reçu aussi » des nouvelles de son fils Gustave qui lui fait espérer sa no- » mination prochaine à la cour de Dijon. — Au reste, ce jeune » magistrat qui réunit le talent et les qualités d'un Lamoignon, » est appelé à un haut emploi. » Toutes ces nouvelles rendirent la soirée moins monotone ; et, quand chacun se retira dans son appartement, il n'y eut qu'une chambre dans laquelle le feu et la lumière artificiels furent entretenus jusqu'à une heure avancée : c'était celle de Mademoiselle de Tourzelles qui écrivait à Monsieur Henri de Soligny.

Monsieur,

« Lorsque tantôt, Monsieur de Salignac vint de votre part
» m'offrir votre main, j'ai décliné cet honneur ; je lui ai fait
» valoir les prétentions auxquelles vous avez droit sur une
» femme qui, en flattant votre amour-propre, réunira les
» conditions d'un mariage avantageux et les qualités dignes
» d'être associés aux vôtres. — Vous ignorez, peut-être, que
» je n'ai ni fortune, ni l'espérance d'en avoir un jour !...
» Vous savez, que la carrière de l'enseignement n'a pas une
» rétribution qui soit en rapport avec les services qu'elle rend
» à l'humanité, et que ce n'est, qu'en faisant le sacrifice de
» la morale de l'intérêt pour le côté élevé de l'éducation, qu'on
» peut en supporter les déceptions et les ingratitudes. —
» Veuillez donc, Monsieur, réfléchir aux sacrifices que vous
» vous imposez, si vous acceptez pour épouse, une femme
» qui n'a que son honneur et son dévouement. »

NOÉMI DE TOURZELLES.

Monsieur Henri trouva cette lettre dans son cabinet peu de
temps après la réception de la missive de Monsieur de Salignac, qui lui transmettait à la lettre, les réflexions délicates
et judicieuses que lui avait faites Mademoiselle de Tourzelles.
— Le père et le fils remarquèrent que dans l'une et dans
l'autre lettre, se décélait la dignité d'une femme qui se respecte. — « Vois, Henri, dit Monsieur de Soligny à son fils, ce
» que tu dois décider : c'est à toi, à réfuter les objections de
» Mademoiselle de Tourzelles ; objections que lui a dictées
» la grande expérience de la vie. Vous avez raison,

» mon père ; mais, je ne veux rien précipiter ; de sorte que
» dans l'intérêt de mes enfants, je remets à dimanche l'entre-
» tien que je me propose de demander à Mademoiselle de
» Tourzelles. »

UN MARIAGE DE RAISON.

Le jour du Seigneur qui permet à la créature de prendre
le repos dont elle a besoin, et de rendre à Dieu ostensible-
ment des hommages d'adoration et de reconnaissance, arrivé,
toute la famille du Ravin, à l'exception de Monsieur de Soligny, assista à la messe paroissiale de Montbard. — Vers
eux heures, pendant que celui-ci écrivait à sa fille et que
les enfants se promen   Monsieur Henri se
présenta au seuil d'une porte dont il n'avait jamais franchi
l'entrée. Il trouva Mademoiselle de Tourzelles, occupée à
mettre de l'ordre dans son secrétaire, et disposée à se rendre
avec Mathilde, à Montbard pour les vêpres annoncées par la
cloche du canton. « Mademoiselle, dit Monsieur Henri, après
» l'avoir saluée respectueusement : depuis que vous êtes
» admise au sein de ma famille, c'est la première fois que je
» vous demande un entretien. Je n'ai nullement l'intention
» de discuter de nouveau, la proposition qui vous a été faite ;
» mais je viens vous offrir ma main, en me réservant toutefois, le droit de vous dire : si, Madame de Maintenon a

Famille de Soligny.   11

» été digne d'épouser Louis XIV qui avait été touché de sa
» sollicitude pour les enfants de France ; à plus forte raison,
» êtes vous digne de vous unir à moi, qui ne vous demande
» qu'un cœur, et l'amour d'une mère pour mes en-
» fants.......... »

« Monsieur, s'il en est ainsi, vous pouvez compter sur moi ;
» veuillez agréer mon consentement. — Mademoiselle, re-
» prit Monsieur Henri, nous sommes liés ; c'en est fait à
» jamais. » — Il se retire.

Satisfait de ce qui venait de se passer, Monsieur Henri
accourut près de son père en disant : « tout est fini ! »

« Tu me procures une douce joie, reprit le vieillard,
» maintenant, Dieu peut m'appeler à lui ; il ne me reste
» plus qu'à le remercier d'avoir béni mes vœux ! »

Dans quelques instants, ajouta Monsieur de Soligny, je
vais me présenter chez Mademoiselle de Tourzelles, « et moi
écrire à Thérèse, repondit Monsieur Henri. » Après s'être
quittés, le père et le fils se mirent en devoir de réaliser
leurs aimables intentions. Monsieur de Soligny passa d'abord
dans sa chambre, fit sa toilette, et vint ensuite trouver sa
future belle-fille.

« Mademoiselle, dit le vieillard, en la saluant avec grâce ;
» je veux vous exprimer ma reconnaissance ; car votre dé-
» vouement fait renaître mon âme à l'espérance et à la joie
» — Puissé-je Monsieur, mettre le comble à vos vœux, ré-
» pondit Mademoiselle de Tourzelles en lui tendant la main.
» Il ne s'agit plus, dit Monsieur de Soligny, que de fixer
» l'époque de votre mariage avec mon fils ? Nous ne voulons,
» y mettre, répondit-elle, ni précipitation, ni lenteur ; Mon-
» sieur Henri et moi, avons choisi pour époque, le 18 mars,
» jour de la mi-carême. Avant la Quinquagésime, il y a trop

» peu de temps ; après Pâques, ce serait prendre un délai
» inopportun pour célébrer un mariage qui n'implique que
» la consécration civile et la consécration religieuse. C'est
» très bien penser, Mademoiselle, reprit Monsieur de Soligny,
» je vous avoue, qu'il me tarde de recevoir une lettre de ma
» fille qui, je sais d'avance, désirait vivement que vous de-
» vinssiez sa belle-sœur. Comme elle va être satisfaite, Thé-
» rèse, d'apprendre que son frère a trouvé une femme distin-
» guée qui se montrera tout à la fois, l'ange tutélaire de sa
» famille ; la compagne fidèle de ses vieux jours ! . . . . .
» Monsieur, répartit Mademoiselle de Tourzelles, ne vous
» faites pas illusion, vous savez aussi bien que moi, que tous
» tant que nous sommes, nous devons être persuadés, que la
» seule action de la vie de l'homme, qui atteigne toujours son
» but, c'est l'accomplissement de son devoir. » Au même
instant la cloche se fit entendre, pour avertir de se rendre à
la salle à manger. Monsieur de Soligny, ayant offert son bras
à Mademoiselle de Tourzelles, la conduisit au salon où les
enfants étaient avec leur père qui, plus d'une fois, les avait
entretenus de son désir de leur donner une mère. Or, on
comprendra, que ces chers petits fussent contents d'apprendre que ce serait Mademoiselle de Tourzelles dont ils appré-
ciaient la vigilance et la tendresse.

Le lendemain, la semaine commença sous les auspices du
travail et de la régularité accoutumée; même, rien ne fit sup-
poser aux gens du château que dans un temps rapproché, il
y aurait au Ravin une maîtresse de maison. Sans négliger
les leçons de René et ses occupations, Monsieur Henri sortait
plus souvent qu'autrefois, et l'on ne sera pas surpris de l'empressement qu'il mit, pour annoncer à Monsieur de Salignac,
une décision qui transformait son esprit et son cœur. —

« Vous êtes en ce moment, lui dit le judicieux pasteur, sem-
» blable à un pilote qui, après une pénible traversée, décou-
» vre le port où il doit jeter l'ancre. » C'est vrai, répliqua
Monsieur de Soligny, j'agrée vos compliments. — Maintenant,
continua-t-il, nous avons besoin de votre ministère pour
obtenir, la dispense de l'Eglise qui défend le mariage en
carême.

« Nous avons été en quelque sorte forcés de choisir le 15
» mars, mais vous pensez bien, qu'il n'y aura, ni fête ni
» lendemain, nous tenons avant tout au concours de vos fer-
» ventes prières, et à la protection de Dieu. » Cela dit,
Monsieur Henri s'éloigna en réitérant au bon pasteur l'invitation qui lui avait été faite pour le 12 février.

Après avoir quitté Monsieur de Salignac, Monsieur Henri se
présenta chez le docteur qui était absent. Il lui laissa sa carte
sur laquelle il renouvella le regret qu'on aurait au Ravin, s'il
ne se réunissait à Monsieur le curé le 12 février.

Dans le courant de cette même semaine, Monsieur Henri fit
une visite à Bourdilly, car il eût été désolé que Monsieur de
Mussy apprît son mariage par une voix étrangère. Cependant
Monsieur Henri fut desservi par un contre-temps; car Monsieur
de Mussy était absent depuis plusieurs jours; l'aimable visiteur ne laissa pas de carte, et préféra lui écrire pour lui exprimer ses regrets, et lui annoncer en même temps son mariage avec Mademoiselle de Tourzelles; nouvelle à laquelle
Monsieur de Mussy ne devait pas être insensible.

LE 12 FÉVRIER.

Ainsi que nous croyons l'avoir dit c'était en l'honneur du dimanche gras, que Monsieur de Soligny avait engagé à dîner ; et son pasteur et son docteur ; c'était en quelque sorte, un sentiment de reconnaissance dont le père et le fils voulaient donner un témoignage à deux amis, auxquels la délicatesse et le tact n'avaient jamais fait défaut. Mais Dieu, dont les desseins sont impénétrables, ne permit pas à Monsieur de Soligny de voir consommer l'union à laquelle il attachait tant de prix ! Semblable à Moïse qui, après avoir vu la face du Seigneur, ne put qu'entrevoir la terre promise, parce qu'il avait désobéi à Dieu, le patriarche du Ravin fidèle à la loi du Seigneur ne dut que pressentir le bonheur que son fils n'avait jamais goûté! Dès le matin, Monsieur de Soligny se sentit si fatigué qu'il lui fut impossible de se lever. Aussitôt que le domestique s'aperçut du changement opéré dans la physionomie de son maître, il fit appeler Monsieur Henri. — Frappé de l'état de son père, il fut si troublé qu'il pria Mademoiselle de Tourzelles de venir. — Plus calme que le fils du malade, elle recourut à des soins intelligents qui lui apportèrent quelque soulagement.

Le docteur Pinel, n'étant pas chez lui, ne vint qu'à 9 heures et demie, et trouva Monsieur de Soligny en proie à une crise aiguë : une suffocation tenace, un épuisement complet faisait craindre une mort instantanée. Monsieur Pinel ne peut donc cacher à la famille la gravité de la maladie dont Monsieur de Soligny était atteint depuis longtemps. — Quant à cette crise, il l'avait toujours prévenue jusqu'ici; mais aujourd'hui, la médecine était réduite à l'impuissance. Toutes les ressources à employer n'appartenaient plus à l'art; plutôt au cœur d'un fils, au dévouement d'une femme d'élite.

Cependant, à midi, le malade but avec moins de peine, et parut moins oppressé. C'est pourquoi, le docteur appelé à d'autres lits de douleurs, quitta Monsieur de Soligny, mais avec la consolation de se voir remplacé par Monsieur de Salignac qui, à la nouvelle de ce qui s'était passé au Ravin, s'était empressé d'y venir. — Impressionné de l'altération du visage et de la faiblesse du malade, le bon pasteur ne put retenir son émotion. S'approchant de son lit, il lui serra la main si affectueusement, que le moribond le sentit. Puis, avec un regard expressif, il fit comprendre à son entourage qu'il désirait être seul avec Monsieur le curé.

« C'est alors, que l'ami de Monsieur de Soligny devint le ministre de Dieu. »

Lorsque la famille se fut retirée, Monsieur de Salignac entendit les dernières confidences de l'homme qui, à l'exemple de Vauban, fut l'admirateur de la vérité, et le type du véritable courage ; c'est-à-dire de celui qui, dans ses motifs, n'est pas le résultat des passions.

A trois heures, le docteur revint près du malade dont le pouls diminuait de plus en plus. Aussi Monsieur le curé profita-t-il de la visite de Monsieur Pinel, pour se faire conduire à Montbard, afin d'en rapporter le saint Viatique. De retour au château, Monsieur de Salignac le suppléa auprès du vieillard qui s'affaiblissait de plus en plus ; mais le docteur ne voulut pas quitter la famille de Soligny, sans lui réitérer combien, il lui en coûtait d'avouer son impuissance. « A vous » seul dit-il, est réservé le don de soutenir notre cher malade » par des cordiaux et par votre assistance filiale.

« Oh ! docteur. s'écria Monsieur Henri, vous me brisez le » cœur ! Mademoiselle de Tourzelles et moi allons veiller » ensemble. Puisqu'il n'y a plus d'espoir, continua Monsieur » Henri, je vais vous prier d'avoir l'obligeance de remettre » au bureau de Montbard, un télégramme à l'adresse de ma » sœur. » — Tout ce que vous voudrez, reprit Monsieur Pinel en s'éloignant très affecté.

HEURE SUPRÊME.

A six heures, le malade qui était resté assoupi depuis trois heures, regarda Monsieur de Salignac et lui dit d'une voix étouffée : « Je suis prêt ! » et, tout était prêt aussi, pour l'administration des sacrements que devait pour la dernière fois recevoir Monsieur de Soligny.

Afin de donner une idée plus exacte de cette scène touchante, nous engageons nos lecteurs, à reporter leurs pensées sur le chef-d'œuvre du Poussin, l'Extrême-Onction, et ils auront une idée de ce qui se passa au moment, où Monsieur de Salignac fit participer le vieillard aux sacrements des mourants. — Merci, dit-il, au digne pasteur, recevez mes adieux, et agréez l'expression de toute ma gratitude pour........

Monsieur de Salignac avait commencé d'adresser quelques paroles profondément senties, quand on vint en toute hâte, le mander par une autre famille affligée. Il lui fallut donc se retirer ; et ce ne fut, qu'après avoir pressé avec l'expression de la douleur les mains décharnées du mourant en disant : nous sommes les enfants des Saints !.... Au revoir !.....

Mademoiselle de Tourzelles accompagna Monsieur le curé et voulut en même temps, préparer les enfants à la perte douloureuse qui les menaçait. Et tous les trois mus par ce à quoi rien ne supplée, s'écrièrent : « Conduisez-nous près de » grand-père. Oui , répondit-elle; je reviens dans quelques » instants. »

Rentrée dans la chambre du malade; Mademoiselle de Tourzelles trouva Monsieur Henri dans un abattement qui navrait le cœur. « Monsieur, lui dit-elle avec une énergique douceur. René et ses frères désirent venir près de vous, dois-je aller les chercher ? » Oui, répondit leur père, mai Mademoiselle de Tourzelles attendit que le moment où l'on devait offrir à Monsieur de Soligny une cuillerée de Malaga, fût passé; et quelle peine pour la lui faire prendre !

Lorsque René et Mathilde aperçurent leur grand-père presque sans vie, ils furent interdits; quand au petit Gabriel, il se cacha sur les genoux de son père. — Allons, mes enfants, dit celui-ci d'une voix qui contrastait avec son affaisement : « Embrassez celui à qui vous devez tout. — Vous ne le verrez » plus. » René et Mathilde le firent en contenant leur émotion, tandis que leur père emmenait le petit Gabriel qui sanglotait. — « Mes enfants, prononça le vieillard d'une voix » expirante : Voici votre mère (en essayant de montrer Made- » moiselle de Tourzelles..... respectez et aimez-là.....

» Honneur, courage, fidélité à la religion de vos aïeux, voilà » ce que........ Henri, mon fils..... Mademoiselle, soyez » heureux !..... » Une demi-heure après, l'âme de Mon-

sieur de Soligny s'était détachée de son enveloppe périssable,
et recevait du souverain juge, la récompense réservée à ceux
qui demeurent fidèles à la justice , fidèles au christianisme.

A huit heures, Madame Champlain arriva accompagnée de
ses enfants; et profondément affligée. Oh ! quel ne fut pas
son désespoir, lorsqu'elle s'approcha du lit de son père, et
qu'elle ne trouva qu'un corps inanimé !

« C'est moi, dit-elle à son frère, qui vais rester ici, bien
» qu'il ne nous reste plus qu'à prier, mais, la piété filiale et
» la douleur n'ont qu'un langage, » c'est pourquoi, Monsieur
Henri s'entendit avec sa sœur pour veiller celui de qui
Louis XIV eût dit ce qu'il aimait à répéter en parlant de
Catinat : « C'est la vertu couronnée ! »

LES OBSÈQUES.

Monsieur de Mussy, accouru le lendemain au Ravin, prit
soin d'ordonner ce qui est indispensable, lorsqu'il s'agit de
rendre les devoirs de la sépulture aux membres de sa famille. Ainsi que le désiraient les enfants de Monsieur de
Soligny, tout se fit avec une simplicité qui décèle la vraie
grandeur.

Pour la commune, elle chôma le jour de cette triste cérémonie. Tout Montbard abandonna ses travaux pour conduire
à sa dernière demeure, Monsieur Joseph-François de Soligny
ancien député (1827). Tous les habitants des environs s'empressèrent de rendre à celui dont ils respectaient la vertu,
leurs sincères et respectueux hommages.

A neuf heures et demie, le cercueil était déposé dans la
cour d'honneur du château, tandis qu'un nombreux cortége
d'élite attendait au salon, qu'on vint prévenir de partir. —
Monsieur de Salignac conduisait le deuil, ayant à ses côtés, le
fils du défunt et Abel Champlain.

Le clergé des paroisses voisines ouvrit la marche que suivait le cercueil porté par les fermiers du Ravin.

Nous passons sous silence les détails de cette triste et imposante cérémonie, et nous nous bornerons à dire, qu'à la vue
du respect et du recueillement qui régnaient au milieu de
tous, on eût cru assister aux funérailles du dernier des Grecs
dont les cendres portées par Polyle et Lycortas furent dépo-
sées à Mégalopolis

De l'église de Montbard qui était remplie d'assistants et de
cœurs émus, le cortége prit le sentier des Ifs et des Cyprès.
— Là, fut déposé Monsieur de Soligny, type de cette ancienne société française qui, a la politesse du cœur, unissait
celle de l'esprit. D'abondantes larmes furent versées sur la
pierre qui, en quelque sorte, sépare les vivants des morts. —
Le plus profond silence régnait dans l'assemblée, car, Monsieur
de Salignac commença une allocution qui eût rappelé celles

du regrettable abbé de Belot, lorsque sa voix étouffée par les sanglots l'empêcha de continuer. Pourtant, ce digne pasteur fit un effort sur lui-même pour se faire entendre : « A vous
» tous qui pleurez, s'écria-t-il, je fais un appel pour graver
» sur la tombe du châtelain du Ravin, la modeste épitaphe
» qu'on lit à Malte au lieu où repose Villiers de l'Isle Adam :
» Ici, repose la vertu victorieuse de la fortune ! »

Tous s'inclinèrent profondément touchés ; et, grands et petits ; riches et pauvres, se séparèrent emportant dans leur cœur la tristesse et le deuil.

DEUIL DE FAMILLE.

Cette perte laissa un vide que nous trouvons inopportun de faire sentir. Les grandes douleurs se taisent ! Inutile aussi de parler des témoignages de sympathie, dont Monsieur Henri et Madame Champlain furent entourés. Mais on sait que sous l'impression de la douleur les émotions se succèdent ; et que, le plus souvent, les consolations qu'on croit devoir nous donner sont mal séantes. Madame Champlain était donc en attendant le retour de sa fille et de son gendre, retour dont elle appréhendait le moment.

Déjà par un télégramme, Monsieur de Nussy avait prévenu ses enfants de la perte cruelle qui venait de frapper, et leur famille et le canton ; en même temps ; il recevait de son fils, une lettre de Naples qui le transportait lui et sa femme (car l'ancienne Parthénope, disent les poètes, est un morceau tombé du ciel) et néanmoins, il annonçait son prochain retour car son congé touchait à sa fin.

La messe de famille eut lieu au milieu d'une nombreuse assistance et renouvela la tristesse de tous les assistants.

Ce même jour, 18 février, Monsieur de Salignac vint au château faire visite ; et c'est précisément pendant qu'il était dans le salon, que Madame Champlain reçut une dépêche de sa fille qui lui annonçait son arrivée pour le 28.

Cette nouvelle fut accueillie avec une douce satisfaction, et envoyée par Madame Champlain à son cher Abel qui, tout entier aux racines-carrées et aux logarithmes, n'était pas moins affligé d'être éloigné de sa mère, et d'une mère inappréciable.

Quant au genre de vie au Ravin, on en avait repris la régularité, la rectitude. D'ailleurs a dit Thalis : « Quoi de plus fort que la nécessité ? » C'est pourquoi Monsieur Henri et sa sœur profitèrent de la liberté que leur donnait le dévouement de Mademoiselle de Tourzelles, pour parler sérieusement de leurs intérêts mutuels.

L'HÉRITAGE.

« Thérèse, dit Monsieur Henri à sa sœur, il faut examiner,
» avant ton départ, la question de la succession paternelle.
» Nous ne pouvons garder le Ravin, sans compromettre l'avenir
» de nos enfants. — Or, il faut chercher un acquéreur, et un
» acquéreur qui, non-seulement offre de sûres garanties pour
» nos intérêts, mais encore, qui soit digne d'occuper la place
» des Solignys, que l'on a vus successivement s'y faire aimer
» et respecter. — Ce sera difficile, Henri, oui, mais rien ne
» nous presse. — Cependant, Thérèse, je désire que tu sa-
» ches, que j'ai l'intention de rentrer dans l'administration
» des finances ; car, en me remariant, je commence en quel-
» que sorte, une seconde existence. — Tu as raison, Henri,
» et si tu veux, je te recommanderai à mon retour à Paris,
» à Monsieur de Broglie dont notre pauvre père appréciait
» les éminentes qualités. — Volontiers, Thérèse je m'a-
» bandonne à ton discernement. En attendant la vente du
» Ravin, j'en vais prendre soin comme par le passé, et,
» quand tu reviendras ici aux vacances avec tes enfants,

» nous partagerons le précieux héritage qui nous a été
» légué »

En attendant, nous verrons Mathilde faire sa première
communion, et, en nous reposant, Mademoiselle de Tourzelles et moi, nous jouirons pour la dernière fois, des bienfaits de la campagne ainsi que des beautés de la nature.

RETOUR DE VOYAGE.

Le 28 février, Madame Armand de Mussy et son mari des-
cendaient de wagon à Montbard vers cinq heures, et à six,
ils étaient au Ravin pleurant avec leur mère le grand-père
qu'ils ne retrouvaient plus.....

Bien qu'ils fussent fatigués, Monsieur Armand et sa femme
consacrèrent la soirée à ceux qui les entouraient. On parla
peu du charmant voyage d'Italie ; la pensée était toute à la
douleur du moment, aux changements qu'apporte avec soi,
une perte dans une famille, enfin à l'avenir.

Le lendemain 1er mars, le jeune ménage partit pour Bourdilly avant le déjeûner, et l'on pressent que leur arrivée fut
pour Monsieur de Mussy, l'objet d'une vive satisfaction.

« Puisque je vous tiens, mes enfants, dit-il, je vais écrire à Gustave qu'il s'arrange de façon à profiter de votre séjour près de moi, pour prendre le congé qu'on accorde aux magistrats, lorsqu'on les fait changer de résidence. » — « Vous » avez raison, mon père, reprit Monsieur Armand, Elisabeth » et moi regretterions sincèrement de ne pas voir Gustave » avant de nous installer à Nîmes; d'autant plus que mon » frère s'éloigne de nous, pour se rapprocher du toit pater- » nel. »

Dès que Gustave de Mussy apprit que le jeune ménage était à Bourdilly jusqu'au 10 mars, il remit le service du parquet à son procureur, et vint en toute hâte se joindre à sa famille.

Son arrivée combla les vœux de Monsieur de Mussy qui s'applaudissait chaque jour du mariage que son fils avait fait.

Tous les jours, Madame Champlain recevait la visite de sa chère fille accompagnée, soit de son mari, soit de son beau-frère. Ces témoignages de respect filial étaient pour cette mère éprouvée et pour son frère, la source d'une vraie consolation. — « Ma mère, dit un jour Elisabeth; vous m'at- » tristez de plus en plus en vous voyant si abattue ! Vous qui » êtes si courageuse, comment se fait-il que vous vous » laissiez aller au découragement ? »

« Vous ne quittez pas le Ravin pour toujours; en septem- » bre, je me réunirai à vous tous; d'ici là, ma mère, vous » avez la certitude que mon oncle doit épouser une femme » dont vous appréciez les éminentes qualités; c'est donc une » pensée consolante pour l'avenir. — Tu es vraiment Elisa-

» beth, aussi raisonnable qu'affectueuse pour moi; j'avoue que tu me fais du bien. »

Gustave de Mussy avait écouté avec émotion les épanchements de la mère et de la fille ; ce qui ne l'avait point empêché de porter souvent ses regards sur la gracieuse Nelly qui entrait alors dans sa dix-septième année.

LES ADIEUX A BOURDILLY ET AU RAVIN.

Le 10 mars, jour anniversaire de l'insurrection qui, en 93, avait été le signal de la guerre de Vendée, fut pour les deux châteaux voisins le jour des adieux. Les adieux! quoi de plus triste! de Bourdilly, Monsieur de Mussy et son fils conduisirent à la gare de Beaune, le jeune ménage dont il était si fier ; tandis que Madame Champlain et sa fille assistées de leur famille, prenaient le train de Montbard. Or, les uns suivaient le cours du Rhône en aval ; les autres, celui de Seine; et tous, le cœur serré se disaient : Au revoir !

18 MARS.

Voyant la mi-carême approcher, Monsieur de Salignac crut, par politesse, devoir se présenter la surveille au Ravin, afin de s'informer s'il n'y avait pas de changement pour l'époque du mariage de Mademoiselle de Tourzelles avec Monsieur Henri de Soligny.

Introduit au salon, Monsieur le curé la trouva seule, travaillant à une étoffe de laine noire : « Mademoiselle, dit-il; » je viens me mettre de nouveau à votre disposition pour » jeudi ; veuillez me communiquer vos intentions? Monsieur, répondit Mademoiselle de Tourzelles : « jeudi à 8 heures, nous » serons à votre église, ainsi que Monsieur Henri vous l'a dit, » lorsque vous avez eu la bonté de nous offrir votre bien- » veillant concours. »

Au même instant, Monsieur Henri entra au salon, et prit affectueusement la main du bon pasteur tout en le saluant respectueusement. Par discrétion, le visiteur s'éclipsa presque aussitôt et dit : à jeudi huit heures, tout sera prêt.

Le lendemain jour du mariage civil, les enfants travail-
lèrent jusqu'à midi sans qu'on s'occupât d'eux ; tandis que
Monsieur Henri donnait des ordres, pour que les voitures
fussent prêtes, lorsque sonnerait l'heure d'envoyer prendre
les témoins de son mariage ; c'étaient Monsieur de Mussy et
le notaire de Sémur. En homme poli, le châtelain de Bourdilly
devança l'heure, et se fit conduire au Ravin ; puis en gentil-
homme qui a goûté la maxime de Vauvenargues : « les grandes
pensées viennent du cœur ; » il se plut à imiter le duc de
Montausier, offrant à Julie de Rambouillet, une couronne poé-
tique composée de fleurs desséchées dont il pria Mademoiselle de Tourzelles d'agréer l'emblème.

A cinq heures, trois voitures traversaient la cour d'honneur du Ravin pour suivre la route qui conduit à Montbard.
Dans la première, étaient Monsieur Henri de Soligny et
Mademoiselle Noémi de Tourzelles vêtus de deuil comme le
furent Anne de Bretagne et Louis XII, le jour de leur mariage à Langeais, en 1499.

Dans la seconde étaient les deux témoins que suivait un
tilbury dans lequel on avait placé les enfants, sous la garde
d'un ancien serviteur de la famille.

Monsieur le maire de Montbard, ayant tout préparé, il n'y
eut qu'à donner les signatures exigées par la loi ; et à six
heures, on était rentré au château. — Le lendemain, les

témoins du mariage civil eurent l'amabilité de se rendre à huit heures à l'église de Montbard, afin d'assister deux époux dont le ciel dut ratifier l'union. — Quant aux villageois à qui le souvenir du père de Monsieur de Soligny, était si cher, ils suivirent les voitures du château , jusqu'à ce que les mariés en fussent descendus pour les remercier de leur sympathie.

On déjeûna à l'heure accoutumée. A trois heures, Monsieur Henri et sa femme reprirent la route de Montbard, pour accomplir l'un de ces devoirs dont le cœur a le secret. Ils vinrent sur la tombe de leur père vénéré, déposer des immortelles, ainsi que le tribut de leur respect et de leur reconnaissance.

Lorsque le calme eut pris la place des émotions qui s'étaient succédé au Ravin depuis quelque temps, Monsieur Henri reprit ses occupations d'administrateur avec le même zèle qu'un propriétaire qui doit recueillir ce qu'il a semé. D'ailleurs, il eût regretté de ne pas laisser la terre du Ravin dans un état prospère. De son côté, Madame Henri poursuivait sa noble tâche comme par le passé, avec la différence d'un double intérêt : celui du présent, et celui de l'avenir.

LA PREMIÈRE-COMMUNION.

Le 13 juin arrivé, Mathilde fit sa première-communion dans les meilleures dispositions, assistée de sa famille et de ses voisins. Toutefois, il manquait quelque chose à la satisfaction de tous; c'était la présence d'un grand-père qui eût été heureux de voir sa petite-fille faire l'acte le plus important de la vie, avant celui qui fixe à jamais la destinée des mortels. Si Madame Champlain ne s'était pas réunie à son frère pour ce jour qui est, tout à la fois, une fête religieuse et une fête de famille, elle n'avait point oublié d'écrire, de témoigner ses regrets, ni d'envoyer une montre à sa nièce.

Pour sa part, Madame Champlain avait en ses enfants de puissantes consolations à sa vie de sacrifice. Abel recevait de ses professeurs des éloges mérités; Nelly complétait avec succès son éducation, à laquelle Madame Champlain s'était réservé le soin d'ajouter la connaissance des choses du monde, et la pratique du savoir-faire qui faut à acquérir l'expérience de la vie.

ESPOIR.

La mort de Monsieur de Soligny avait été vivement sentie dans un certain monde. Bien qu'il vécût à la campagne, il avait conservé à Paris et ailleurs, d'anciens amis qui, plus d'une fois avaient pris part aux malheurs de sa famille. Il n'est donc pas surprenant que Madame Champlain ait reçu des visites de condoléance de personnes haut placées. — Entre les membres de cette société choisie, la fille de Monsieur de Soligny fut heureuse de retrouver Monsieur de la Ferté gendre de Monsieur Molé qui, en 1836, avait été appelé au ministère des affaires étrangères. — Madame Champlain avait tant de fois entendu parler à son père de Monsieur Molé, comme l'un des hommes qui représentaient avec le plus d'honneur, la société française, que les visites de cet ami de sa famille établirent entre elle et lui, des rapports intimes qui lui permirent de parler de son frère et des vicissitudes de sa vie. Plusieurs fois, il arriva à Madame Champlain, de dire à l'occasion, en causant avec ceux qu'elle recevait avec autant de tact que de grâce,

combien elle serait heureuse de voir son frère rentrer dans
l'administration des finances à laquelle il avait rendu autrefois d'importants services.

Lorsque dans une femme, on rencontre un sens supérieur
rehaussé par les qualités de son sexe, il est presque impossible qu'elle n'inspire pas d'intérêt, aux âmes bien nées ; et,
il suffit de quelques personnes au cœur droit et loyal, pour
faire rendre justice à ceux qui ont été victimes, soit de hai-
nes secrètes, soit de l'esprit de parti, *tels que la France en
offre malheureusement une image permanente.*

UNE GRANDE NOUVELLE.

S'il est dans la vie des époques où, pour l'homme tout
n'est qu'heur et malheur, il est en retour des moments où
la Providence vient avec une main secourable tirer de l'a-
baissement ceux que les épreuves avaient fait croire aban-
donnés de Dieu.

C'est ce qui arriva pour Monsieur de Soligny, le 13 juillet. Il reçut un télégramme du ministère des finances qui lui
offrait la recette générale de Melun à la place de Monsieur

D..., enlevé prématurément à sa famille et à une population dont il emportait les sincères regrets.

Cette nouvelle fut accueillie au Ravin avec une joie indicible et acclamée dans le pays avec cette franchise de cœur qui témoigne de l'estime qui nous est accordée.

« On m'a ramené au port, d'où les agitations politiques
» m'avaient écarté ! s'écria Monsieur Henri, c'est donc vous,
» Noémi, dit-il à sa femme, qui êtes mon ange Raphaël !
» D'ailleurs, je suis en droit de vous appliquer la pensée du
» Coryphée de l'Allemagne, goëthe ; c'est-à-dire, que, depuis
» mon union avec vous, chaque jour a été une vie tout en-
» tière !....... » Si mon père vivait, Noémi, comme il
serait heureux de me voir réintégrer dans mes fonctions !

Le lendemain, Monsieur de Mussy vint au Ravin adresser ses félicitations à Madame et à Monsieur de Soligny qui les accueillirent de grand cœur.

« Il faut donc nous séparer, reprit Monsieur de Mussy ?
j'avoue que cette pensée m'attriste. — Avez-vous trouvé pour votre terre des acquéreurs qui vous offrent des conditions avantageuses ? » Pas précisément, répondit Monsieur de Soligny ; ma sœur m'écrit, et me parle de plusieurs personnes qui lui font des propositions magnifiques ; néanmoins, elle n'en est pas séduite.

« Ce que nous appréhendons, continua Monsieur Henri,
» c'est de voir acheter le Ravin par des spéculateurs, le plus
» souvent des spoliateurs. — Cette pensée nous brise le cœur
» à tous............ » « Rassurez-vous, mes chers voisins,

» l'acquéreur dont je veux vous parler, c'est moi-même......
» et, croyez, que je saurai faire respecter la demeure de ceux
» qui, à la vue de la patrie en danger, se montrèrent des
» Bayards, et dans la vie politique, des Turgots, des Malsher-
» bes..... »

Cela dit avec émotion, Monsieur de Mussy ajouta : « Mes
» vœux sont accomplis ; je laisserai à ma mort, et à chacun
» de mes enfants une terre de famille, proche l'une de l'au-
» tre. — Je verserai cinq cent mille francs le jour que nous
» signerons l'acte de vente, et le reste en cinq années consé-
» cutives. »

Après le départ du châtelain de Bourdilly, Madame Henri
et son mari se demandèrent s'ils méritaient tant de consolations à la fois. — Aussi, leur premier sentiment, fut-il un
acte de reconnaissance au dispensateur de tous les dons.
Ensuite Monsieur Henri écrivit à sa sœur l'heureuse nouvelle.

L'AVENIR.

Maintenant, que les événements ont, en quelque sorte,
accéléré notre dénouement, nous entrons dans une voie que
la puissance motrice de la vapeur entraîne malgré nous.

Au mois d'août, Monsieur de Soligny prit possession du trésor que l'état avait confié a sa vigilance, Madame Champlain vint en septembre au Ravin, elle et ses enfants, pour y passer les dernières vacances, et pour régler définitivement la succession laissée par son père.

Ne pouvant pas quitter un poste dont il venait de prendre possession, Monsieur Henri confia à sa femme, le soin de faire avec sa sœur, les parts respectives de l'héritage paternel, persuadé que ces dames s'efforceraient à l'envi de s'être agréables.

Le 10 octobre, tout étant terminé, Monsieur de Soligny s'échappa vingt-quatre heures, afin de se réunir à sa famille, pour faire en commun, leurs visites de voisinage, et remettre lui-même à Monsieur de Mussy, les clefs du château. Quelle que soit la précipitation qu'on apporte à terminer ses affaires sur des lieux qu'on abandonne à jamais, on ne doit point oublier de témoigner sa gratitude, à ceux dont la sagesse et le dévouement vous ont servi de bouclier. C'est l'exemple touchant que donna la famille de Soligny à l'égard du descendant de Fénélon, à qui elle offrit comme souvenir, les objets précieux qui avaient appartenu au châtelain du Ravin admirateur des hautes vertus sacerdotales de Monsieur de Salignac, le François de Sales de la Bourgogne.

Les Adieux ! — Quoi de plus cruel ! Quelles que soient les brillantes espérances que l'avenir semble nous réserver, on ne quitte jamais sans verser des larmes, les lieux, où pour nous, tout à un langage, tout est souvenir ! !

PARIS ET MELUN.

Notre pensée de même que l'intérêt de ce récit nous conduit, tantôt à Paris, tantôt à Melun, pour suivre les desseins de la Providence à l'égard des deux familles que nous avons choisies. Madame Champlain eut l'honneur de voir son fils, sortir l'un des premiers de l'école Polytechnique et, pour cette raison, entrer dans le génie civil. — René qui est aujourd'hui ingénieur ordinaire dans une ville importante de France, se distingue par sa capacité ainsi que par les services qu'il rend à l'administration dont il fait partie. Ajouter que l'aménité de ses manières et la loyauté de ses sentiments lui attirent la sympathie de ses supérieurs et le respect de ses subordonnés c'est constater qu'il a su profiter de l'éducation maternelle. Quant à Nelly, elle a été demandée en mariage par des hommes riches et inoccupés; elle les a refusés. A l'exemple de sa sœur, elle désire un mari qui se recommande par lui-même, et dont les qualités morales contrastent avec les honteuses passions qui dégradent notre nation dégénérée. — Ce mari au bonheur duquel Nelly veut contribuer, s'est présenté : C'est Monsieur Gustave de Mussy substitut du procureur-général à la cour de Dijon. — Inutile de dire, que ce mariage sortable et bien assorti, forme un couple charmant.

Ainsi Madame Champlain, après avoir essuyé des revers, des peines de cœur dont on ne se console jamais, est entrée dans un port sûr, d'où elle découvre un vaste horizon qui lui permet d'y jeter l'ancre avec le câble de l'espérance.

Pour Monsieur de Soligny, il est bien posé à Melun, et surveille avec sagacité, l'éducation de ses fils. René est un sujet distingué qui a fait brillamment ses cours d'humanités ; et, ces succès que l'orgueil n'a point gâtés, lui ont ouvert les portes de la Sorbonne où il professe la littérature, en suivant les traces de Monsieur Villemain. Gabriel a pris son frère pour modèle, et excelle dans les sciences-exactes. Admis à l'école de Brest il désire embrasser la carrière qu'ont ennoblie les Tourville, les Duguay-Trouin. Si le petit-fils du châtelain du Ravin a la noble ambition de relever le pavillon français, tels que le firent sous Louis XIV, les amiraux que nous venons de citer, il a également la grandeur d'âme du vainqueur de Rio-Janeiro, et méritera sans doute, comme ce dernier, l'épithète de grand homme.

Pour Mathilde de Soligny, la raison a devancé les années sans toutefois la priver de la grâce et de la gaîté de ses dix-huit ans. Elle fait la joie de son père, la consolation de sa belle-mère, et le charme de la société choisie que reçoit sa famille. Cette chère petite ignore encore que ses frères ont renoncé à leur dot en sa faveur, afin de lui permettre de faire un mariage qui la place dans le monde où elle a vécu, et où ses cousines Champlain ont trouvé tant de sympathies.

Honneur donc à Monsieur Henri de Soligny, qui a su inculquer à ses fils, des sentiments à la source desquels, il a trouvé la vraie grandeur, et le bonheur qui en découle !

Depuis peu, Mathilde de Soligny a épousé Monsieur de la Tour du Pin, de l'illustre maison des Latour-d'Auvergne. Il est sous-préfet à Sens et jouit d'une considération parfaite.

ÉPILOGUE.

Telles sont les inspirations que nous ont suggérées, l'amour de la vérité et de la doctrine aussi généreuse que solide, annoncée par l'Évangile, tels sont encore les avantages que nous offrent l'obligation morale, la vertu désintéressée, la dignité de la justice, et par delà les limites de ce monde, l'éternelle justice. Puissions-nous par ce simple récit, éclairer des intelligences de plus haute portée que la nôtre ; puissions-nous encore, encourager une plume mieux exercée que

celle qui a tracé ces lignes, afin de rendre irréformable l'u-
nité de l'éducation intellectuelle et de l'éducation du cœur,
sur laquelle reposent les lois morales ainsi que les lois socia-
les. De l'unité dans l'éducation, émanent la puissance de la
volonté qui subordonne les sens à l'esprit ; l'imagination à
la raison ; enfin cette force d'âme qui reste ferme dans la résolution de faire son devoir, et qui n'exclut pas cependant,
la puissance exquise de sentir d'où découlent le *génie* et la
vertu.

FIN.

TABLE.

FIN DE LA TABLE.

Limoges. — Typ. F. F. Ardant frères.

www.ingramcontent.com/pod-product-compliance
Lightning Source LLC
Chambersburg PA
CBHW070850030726
47504CB00005B/1290